君主论

[意大利]尼科洛·马基雅维里 著

阎克文 译

译林出版社

图书在版编目（CIP）数据

君主论 /（意）尼科洛·马基雅维里著；阎克文译．—南京：译林出版社，2023.9

ISBN 978-7-5447-9711-5

Ⅰ.①君… Ⅱ.①尼… ②阎… Ⅲ.①君主制－研究 Ⅳ.①D033.2

中国国家版本馆CIP数据核字（2023）第081341号

君主论 ［意大利］尼科洛·马基雅维里／著 阎克文／译

责任编辑 许 昆
装帧设计 胡 苨
责任印制 董 虎

出版发行 译林出版社
地 址 南京市湖南路1号A楼
邮 箱 yilin@yilin.com
网 址 www.yilin.com
市场热线 025-86633278
排 版 南京展望文化发展有限公司
印 刷 江苏凤凰新华印务集团有限公司
开 本 890毫米×1240毫米 1/32
印 张 3.5
版 次 2023年9月第1版
印 次 2023年9月第1次印刷
书 号 ISBN 978-7-5447-9711-5
定 价 56.00元

目　　录

尼科洛·马基雅维里致伟大的洛伦佐·德·梅第奇

希望博得君主宠幸者，通常都会奉献自以为最可宝贵之物，或者看上去最能取悦于君主之物。因此，君主们常常会收到诸如骏马、兵器、锦绣、宝石之类的礼品，以及同他们的伟大相称的各种饰品。如今，我愿向殿下提出某种证据，以表明我是您的忠实臣民。倾我所有，我认为最可宝贵和最有价值的，莫过于我对伟大人物业绩的认识了，它们得自我对当代事务的长期经验和对古代历史的不懈钻研。长期以来，我始终非常用心思考和推敲在这方面的观察所得，最近，我把它们结成了一册小书，兹呈给殿下。窃以为，这部著作尚不足以博您垂青，但我深信，仰您仁爱，您会接受它的，因为，除了使您能够在短时间内了解我多年来历经艰险所认识和领悟到的东西之外，我再也拿不出更好的献礼了。

在这部著作中，我没有像许多作者装扮他们的作品那样不惜使用趾高气扬的章句、夸张华丽的措辞或者俗不可耐的妩媚、无关宏旨的修饰，因为，我所希望的并不是去美化它，而只是想让它由于内容丰富和主题严肃而受到欢迎。

我认为，一个地位卑下之人却敢于探讨和指点君主的作为，这不应当被视作僭妄，原因就像人们绘制地图一样，为了考察山峦及高地的特征便应置身平原，为了考察平原的特征便应高踞山顶；同理，为了充分地揭示人民的性质，观察者必应是君主，而充分地认识君主之性质者，则必是人民中人。

因此，祈殿下亮察，接受我这份衷心奉献的小小礼物，如果您认真注意到它并把它读下来，您会从中看出我不同寻常的期望：愿您达到命运之神和您自身能力使您有希望达到的伟大地位。同时，如果殿下能够从您所处的巍巍极顶不时地眷注一下低地，您就会发觉，我是多么无辜地不断承受着命运之神那巨大而坚定的恶意折磨啊！

一、君主国的不同类型及其获取方式

对人类行使权力的一切国家、一切领地，不是共和国就是君主国，古今皆然。君主国要么是世袭的，要么就是新生的。世袭君主国的君主，长期以来始终出自统治家族；而新生的君主国，或者是全新的，如弗朗切斯科·斯福尔扎[1]的米兰；或者是被世袭君主国征服的附庸，如西班牙国王[2]治下的那不勒斯王国。这样获取的领土，或者曾习惯于君主之治，或者一向就是自由的国家；而获取这样的领土，不是依靠他人的军力，就是依靠自己的军力，否则就是由于命运或者由于能力[3]。

1 弗朗切斯科·斯福尔扎（1401—1466），职业雇佣兵，曾在15世纪意大利政治中起过决定性作用。十六岁从军，1434年任佛罗伦萨雇佣兵队长，1450年迫使米兰人将其拥立为米兰公爵，统治米兰十六年。马基雅维里在本书及《佛罗伦萨史》等著作中一再以此人为例，说明雇佣军有害无益。——译注，下同

2 参见第13页注。

3 能力，原文为意大利文virtù，现代英语中的对应词是"德行"（virtue），但在中世纪和文艺复兴时期，这个词只有十分微弱的、多数情况下甚至根本没有伦理学的含义。由于马基雅维里频繁使用该词，根据他在上下文中的用意，也为求中译简捷及阅读方便，书中一律译为"能力"，特此说明，祈读者亮察。

二、世袭君主国

关于共和国的问题我将略而不谈，因为我在别处已有详论。我想专门关注一下君主国，按照上文所安排的顺序，探讨一下如何才能对这些君主国进行治理并使之保持不坠。

我认为，已经习惯于君主家族治理的世袭制国家，保持个人统治的困难要比新生君主国小得多，君主只要不去妄改祖制，遇事顺其自然，这就足矣。因此，这样一位君主只要稍加小心，总能维持他的统治，除非他被某种异常强大的力量篡夺了权力，而即使他遭到篡夺，一旦篡权者遭到厄运的打击，君主的权力仍会失而复得。

我们在意大利就能看到费拉拉公爵[1]这样的范例，他在1484年击退了威尼斯人的进犯，又在1510年击退了教皇尤利乌斯[2]的进犯，其原因无非是他在那块领地上的统治已经根深蒂固。和一个新生的统治者相比，世袭君主得罪人民的理由和必要性都比较少，因此必然会更受爱戴；如果他没有因为作恶多端而遭

1　教皇辖地费拉拉的统治者，此处指埃斯特家族，1332年被教皇承认为在费拉拉的代理人。

2　教皇尤利乌斯（1443—1513），即尤利乌斯二世，1503—1513年在位，武力收复了除费拉拉之外的全部领地，致力于政教合一，鼓励艺术创作。

到憎恨，人民自然会心向往之，这是情理之中的事。而且，这种君权也会由于源远流长而湮没对激进变革及其原因的回忆，因为一次变革总会留下某些催生下一次变革的引子。

三、混合型君主国

新生的君主国会出现种种困难。首先需要指出的是，这种君主国并不是全新的，而只是部分地更新，因此，从整体上说来，它可以被称作混合型国家。那里发生的变故主要产生于一个固有的难题，而这个难题在所有新生君主国里都是显而易见的：本来，人们乐于更换统治者以图改善自身的处境，这种愿望促使他们拿起武器反抗他们的统治者，但事与愿违，他们的处境更糟了，而这种局面是由另一种自然的、通常是必然的情况所致，即新君主带来的军队常常会侵害他的新臣民，而且出于征服的需要，新君主也常常会给新臣民施以无数的压制。因此，在你占有这个君主国之后，所有被你损害的人将统统变成你的敌人；你也留不住那些把你请进来的朋友们，因为你不能遂其所愿，同时，你还不能使用强硬手段对付他们，因为你对他们欠了人情债。一个新君主即使拥有十分强大的军队，在进入一个新区时也应当争取当地居民的好感。

正是出于这些原因，法王路易十二虽然迅速占领了米兰，却又迅速丢失了米兰。第一次收复米兰，只需洛多维科[1]的军队就够了，因为人民不能容忍路易的胡作非为，虽然他们曾为这位新君主打开过城门，但随后却发现自己原来的看法和期待的利益不过是一厢情愿。

然而，事实上，一个新统治者如能将叛乱地区再度征服，他将再也不会轻易地丧师失地，因为叛乱给他提供了机会，使他能够毫不犹豫地惩办罪犯，清查可疑分子，并在最薄弱的地方加强戒备。因此，导致法王第一次丧失米兰的不过是一个洛多维科公爵在边境上揭竿而起，但要再次把法王从米兰赶走，那就只有动员全世界去反对他，并须歼灭他的军队或将其逐出意大利，原因已如上述。不过，米兰毕竟已两次从他手里被夺了回来。

法王第一次丢失米兰的一般原因已经讨论过了，现在来谈谈第二次的原因，看他能否设法不至于再度丢掉米兰，以及别人如果处在他的地位能否棋高一着、巩固征服的成果。那些被他征服后又合并过来的国家，也许属于同一地区、使用同一语言，也许两者都不是。如果是，特别是它们如果没有体验过自由生活的话，保有这些国家就轻而易举，征服者只需切断它们君主的血统，就可以安如磐石；至于其他方面，只要尊重他们的传统，不去改变他们的风习，人们会继续若无其事地生活下去。这就是布列塔尼、勃艮第、加斯科涅和诺曼底的情形，它们早就属于法兰西了，尽管语言仍有差异，但风习相同，因而很容易和睦相

1 洛多维科·斯福尔扎（1452—1508），弗朗切斯科·斯福尔扎的次子，1494 年被罗马教皇封为米兰公爵，1499 年 9 月法军进攻米兰时逃亡德国，次年 2 月米兰发生反法起义，洛多维科迅速复辟，不久又被法军挫败，瘐死狱中。

处。征服了这些国家之后，统治者如果决意保持统治，就应确保做到两点：一是要彻底消灭它们的旧君家族，二是不要改变它们的法律和税赋。这样去做了，就会在极短的时间内使它们同统治者的故国融为一体。

但是，如果被征服的新国家有着不同的语言、风习和制度，麻烦就出现了，征服者必须有极好的运气和极高的技巧才能维持统治。最好的、也是最有效的办法之一，就是征服者亲自驻扎在那些国家，这将使他的征服更持久、更稳固，土耳其人在希腊就是这么干的。[1]假如土耳其国王没有亲临希腊，无论他采取什么办法想保有那个国家，都将难以奏效。你只有驻在当地，才能明察秋毫并防患于未然，否则，等发生严重事态之后再去补救，那就难乎其难了。而且，有你在，你的官吏就不会掠夺那个国家，你的臣民也会因为能够直接求助于君主而感到满足。因此，那些愿做良民的人们会更加爱戴你，别有所图的人则会害怕你，想要进犯这个国家的人也将踌躇不前。总之，只要君主驻在那个国家，他就绝不可能轻易失守。

另一个良策就是向那个国家殖民，或者大量派驻重骑兵和步兵，君主须在两者之间择其一，以扼住它的一两个要害之地。而殖民一事，君主无须过多耗资，只要很少费用支出甚至不用支出，就可以殖民驻屯。他所损害的，只是那些为供给殖民者而被没收了田舍的居民，他们在那个国家里是无足轻重的，而且，这些受害的居民由于被驱散到各地，穷不聊生，不可能为害君主。

1　指土耳其人在 15 世纪对巴尔干半岛的征服。

其余的居民，一则由于没有遭到损害而较易安抚，一则由于生怕落到被剥夺财产的境地而心怀恐惧，不敢有过。可以断定，这样的殖民并不费钱，而且比一支驻军更忠诚，更少惹是生非。那些被损害的人，我已经说过，由于穷困潦倒和流离失所，不可能为害统治者。

应当注意的是，要么去善待人们，要么就把他们消灭掉。因为，受到轻微伤害的人还有报复能力，受到沉重伤害，他就无力报复了。所以，要想加害于人，就应害到不必担心会遭其报复的程度。

新君主如果不向被征服地区殖民，而是派遣驻军，那将耗资巨大，因为维持驻军会穷尽那里的全部收入，得不偿失；而且，由于军队到处调动，将因为士兵们到处为非作歹而损害整个国家。对此，人人都会感到恼怒，结果将是人人都与君主为敌。他们虽然遭受压迫，但却仍然守着自己的老家，因而是能够为害的敌人。所以，无论如何，用士兵控制那个地方并无益处，殖民才是可取之策。

一位君主所征服的地区如在语言、风习和制度上不同于本国，就应当在以下诸方面多加用心：使自己成为弱小邻国的首领和保护者，设法削弱较强的邻国，警惕某个同样强大的外国人意外插足。常有这种情况：那些心怀不满的本地人，出于勃勃野心或由于恐惧而把某个外国强人引了进来，就像很久以前埃托利亚人把罗马人引入希腊一样。实际上，罗马人对每个地方的征服，都是那里的当地人勾引过去的。事情往往是这样：一个外国强人一旦侵入一个地区，该地处于弱势的所有居民，都会由于猜忌比自己更强的邻人而依附那位外国强人，因此入侵者只要尊重一下这些弱小势力，把他们笼络过来就没有什么困难，因为他们全都甘愿同已经被他征服的国家融为一体；他需要当心的只是，不要让他们坐大，这样，依靠自己的力量，又有他们的帮助，就很容易镇压强硬势力，从而成为该地区的完全主宰。如果新统治者在这个问题上措置失当，他会很快丧失已经得到的东西，即使他还占有那个地区，也会面临无数困难和烦恼。

罗马人在被他们征服的地区就很注意这些措置。他们派遣殖民，安抚弱国而又不使坐大，镇压强硬势力，不给外国强人可乘之机。毫无疑问，希腊的情形就足以为例：罗马人与亚该亚人和埃托利亚人修好，从而挫败了马其顿王国，赶走了安条克[1]，但决不允许亚该亚人或者埃托利亚人居功自大；同时，腓力[2]的苦苦相劝也未能诱使罗马人成为他的朋友，罗马人还是打倒了他；安条克尽管还有势力，但罗马人却没让他在那个地区保住一点地盘。在这些情况下，罗马人不唯近忧，更有远虑，在未雨绸缪方面真可谓用尽心机。这正是明君所应有的作为。预见在先，则能防微杜渐；一旦养痈成患，再去救治则为时太晚。消耗热病的情形就是这样。医生们说，此病初起时，是治疗易而诊断难，随着时光荏苒，初期未能诊断又不得治疗的疾病，则变成了诊断易而治疗难。

国家事务亦复如此。只有察祸端于初起（唯小心谨慎才能

---

1 即叙利亚国王安条克三世（公元前 242—前 187），公元前 192 年出兵希腊支援埃托利亚联盟，前 190 年被罗马人击败。

2 即马其顿国王腓力五世（公元前 238—前 179），公元前 214 年与迦太基结盟反对罗马及希腊各城邦，前 197 年被罗马人击败。

做到)，方可及时消弭；但如果失于觉察，以致发展到人人都能看出来的程度，那就无可挽回了。因此，罗马人总是提早就看出麻烦所在，决不为避免战争而让它们继续发展下去，他们知道，战争不可避免，拖延时日只能让他人得利。因此，他们抢先出手到希腊去打击腓力和安条克，以免将来不得不在意大利同他们作战。尽管当时罗马人可以避免这两场战争，但他们不想那么做，他们绝不会喜欢我们这个时代的聪明人整天挂在嘴边的口头禅："时间会带来好处"，他们宁肯依靠自己的活力和精明。的确，时间能把一切事物推向前进，但它带来好处的时候也能带来坏处，而带来坏处的时候则能带来好处。

现在回过头来看看法国，看她在上述诸方面都做了些什么。我只想谈谈路易而不谈查理[1]，因为前者统治意大利的时间较长，他的活动更能说明问题。你会看到，他在一个与本国大不相同的地区保持统治的所作所为，与他应当表现出来的作为，恰恰南辕而北辙。

路易国王是被威尼斯人的野心引入意大利的，他们企图通过他的干预而控制半个伦巴第。我不想非难法王作出的这个决定，因为他想在意大利立足，但在这个地方又没有盟友——查理国王实行过的政策使路易到处碰壁——于是他不得不接受所能够得到的盟友。假如没有其他措置失当之处，他的这个决定当能如愿以偿。

由于占领伦巴第，这位国王使法国再次赢得曾被查理丧失

---

1 即路易十二(1462—1515)和查理八世(1470—1498)。

的威名：热那亚投降了；佛罗伦萨成了他的朋友；曼图亚[1]侯爵、费拉拉公爵、本蒂沃利[2]、弗利夫人[3]，以及法恩扎、佩萨罗、里米尼、卡梅里诺、皮翁比诺等地的领主，还有卢卡人、比萨人和锡耶纳人，统统跑来阿谀逢迎、争相趋附。到了这时，威尼斯人才发现自己的决定是多么轻率：为了获得伦巴第的两个城镇，却使这位法国国王成了意大利三分之二领土的主子。

如此看来，只要法王遵守前述规则，善待所有朋友，给他们以安全保护，他要保持在意大利的统治，当不会有什么困难。他们虽然为数众多，可是既弱小又胆怯，有的害怕教廷，有的害怕威尼斯人，因而总会乐意支持他；依靠他们的支持，他就能轻而易举地对付任何仍然强大的势力。但是，他进入米兰之后却反其道而行之，帮助教皇亚历山大[4]占据了罗马涅。他竟然没有认识到，这项决策将会使他失去朋友和投靠他的人们，从而削弱自己的力量；同时，本来就拥有巨大影响的教权又获得了如此非同小可的世俗权力，教廷的势力却大增。法王犯了头一个错误之后，便不得不继续错下去，以至于为了结束亚历山大的野心，制止他成为托斯卡纳的统治者，而不得不亲自跑到意大利去。

仿佛助长了教廷势力和丢掉了朋友还嫌不够，他又和西班

1 意大利北部古城，现为伦巴第大区曼图亚省省会。公元前 220 年开始有罗马人拓居，11 世纪时属于托斯卡纳侯爵，后加入伦巴第同盟，1328—1707 年为贡札加家族统治，后曾相继归属奥地利和法国，1866 年加入意大利王国。

2 意大利贵族世家，长期统治博洛尼亚。

3 指当时意大利北部古城弗利的女统治者。

4 即亚历山大六世（1431—1503），西班牙籍教皇，1492—1503 年在位，荒淫无度，曾为葡萄牙和西班牙划定势力范围分界线——“教皇子午线”。

牙国王[1]瓜分了他所垂涎的那不勒斯王国；本来，他是意大利的主宰，现在却带来一个同侪，于是，这个地方的野心家和对他心怀不满的人就有了回旋余地；本来，他可以在这个王国安排一个称臣纳贡之王，但他却把此人赶走而带来另一个人——一个能够把他赶走的人。

老实说，征服的欲望是很自然的人之常情，只要能做得到，总会受到颂扬而不是非难。不过，倘力不能及却又一意孤行，就会铸成大错而留下骂名。因此，那位法王如能依靠自己的力量进攻那不勒斯，他尽可以那么去做；如果没有足够的力量，他就不该去瓜分这个王国。如果说，为了在意大利立足而伙同威尼斯人瓜分伦巴第还值得称道，这又一次声名狼藉的瓜分就没有值得辩解的理由了。

到此为止，路易已经犯下了五个错误：摧残弱小势力，助长了意大利本已强大的一股势力，把一个外国强人引进这个国家，不去亲自驻扎，也不派遣殖民。毕其一生，假如他没有犯下第六个错误，即削弱威尼斯人的统治，上述五个错误还不至于对他产生危害。假如不去助长教廷的势力，不把西班牙人引进意大利，他就有理由也有必要降服威尼斯；既然他已经采取了先前采取的做法，他也决不应该同意灭亡威尼斯。只要威尼斯还保持着足够强大的力量，它是不会让西班牙和教廷来觊觎伦巴第的；这有两个原因：一则，威尼斯人除了自己去做伦巴第的主子之外，不

1　指斐迪南二世（1452—1516），西班牙统一的奠基者，大力推行扩张政策，身兼西西里国王（1468—1516）、阿拉贡国王（1479—1516）、那不勒斯国王（1504—1516，称斐迪南三世）、卡斯蒂利亚王（1479—1504，称斐迪南五世）。

可能让别人来打这个主意；二则，西班牙人和教皇断不会从法国手中夺回伦巴第之后再把它送给威尼斯；而且，它们谁也不敢同时攻击法国和威尼斯。有人可能会说，路易国王为了避免战争而把罗马涅让给了教皇亚历山大，把那不勒斯王国让给了西班牙。根据前面说过的理由，我的看法是，绝不能为了避免战争而容许养痈成患，因为战争无法逃避，拖延时日则会陷自己于不利。还有人会说，这位国王答应帮助教皇扩张势力是有交换条件的，即解除国王的婚姻关系和任命罗阿诺为枢机主教[1]。对此，我将在后面论及君主的信义和他们应当如何守信时再来作答。

实际上，路易国王正是由于未能遵守那些攻城略地之后还想保持不坠的人们所应当遵守的规则，这才丧失了伦巴第，因而并非不可思议，应该说很正常，并且理所当然。关于这个问题，在瓦伦蒂诺（教皇亚历山大之子，俗称切萨雷·博尔贾）攻占罗马涅之后，我曾在南特与罗阿诺谈论过。罗阿诺枢机主教对我说，意大利人不懂战争；对此我答道，法国人不懂政治，因为，只要他们还懂点政治，就不会让教廷如此扩张势力。经验表明，教廷在意大利和西班牙的扩张是法国国王促成的，而后者的败亡则是前者促成的。由此可以得出一个绝不会出错或者极少出错的普遍规律：谁促成他人壮大，谁就会自取灭亡，因为，他是用智谋或实力促成了他人的壮大，而壮大了的他人对这两点都会感到坐立不安。

---

1 路易十二为了与查理八世的遗孀、布列塔尼的安妮皇后结婚以攫取布列塔尼，请求教皇亚历山大六世解除他与乔万娜皇后的婚姻关系，并要求教皇同意将国王顾问罗阿诺由鲁恩大主教升为枢机主教。相应地，路易十二则支持教皇攻取罗马涅。

四、亚历山大大帝死后，他所征服的大流士王国为什么没有反叛其继承人

考虑到控制一个新到手的国家所产生的困难，人们一定会对亚历山大大帝的业绩感到惊讶。他在短短几年之内成为亚洲的主宰，刚刚完成征服就匆匆谢世。这样一来，发生全国性叛乱似在情理之中。然而，亚历山大的继承人却保住了江山，除了他们自己的野心在他们自己中间引起了一些麻烦之外，并未遇到其他困难。

如何解释这一现象呢？我认为，有史以来的君主国，分别是以两种不同方式进行统治的：一种是君主和一群臣仆的统治，后者是经君主恩准而作为代理人去辅佐统治的；另一种则是君主和贵族们的统治，贵族的地位并非来自君主的恩赐，而是来自古老的血统，他们拥有自己的领地和臣民，这些臣民把贵族奉为主子，对他们有着自然的爱戴。由君主及其臣仆统治的国家，则会认为他们的君主更有权威，因为在他的势力范围内，只有他才被认为是至尊无上的，尽管人们也要服从某些别的人，但不过是将其视为代理人或当官的，不会产生对他个人的爱戴。

在我们这个时代，有两个例子可以说明这两种不同的统治

方式：土耳其皇帝和法兰西国王。整个土耳其王国只有一位统治者进行统治，其他人都是他的臣仆。他把王国划分为若干州，向那里派遣各种行政官员，并能随心所欲地撤换和调动他们。但是，法兰西国王却置身于大批世袭贵族中间，这些贵族为自己的臣民所公认和爱戴，拥有各自的既得权利，国王要想剥夺他们而又不担什么风险，这是不可能的。把这两个国家比较一下就能看出，夺取土耳其皇帝的国家将会很困难，不过一旦征服了它，保持统治会轻而易举。相反，从某种程度上说，占领法兰西的领土可能比较容易，要想统治它将会难乎其难。

土耳其皇帝的王国之所以难于征服，是因为入侵者不可能得到王国贵族的勾引，也不可能指望皇帝周围的人发动一场叛乱来提供可乘之机。上面说过，所有官员，由于都是依附于皇帝的奴才，因而很难把他们收买过来，即使收买过来，也不能指望从中得到多大好处，因为他们不可能诱使人民跟他们走，理由已如前述。所以，要想进攻土耳其，必须依靠自己的力量而不是依靠别人的叛乱，因为你将面对一个团结一致的国家。不过，一旦征服了土耳其皇帝，把他彻底击败以致不能重振旗鼓，那么，除了君主家族之外就没什么可畏惧的了；然后再铲除这个家族，那就没有任何人值得征服者担心了，因为其他人对人民毫无影响，而且征服者在取得胜利之前并未依靠他们的帮助，因此不必为之担心。

像法兰西那样立国的王国，情况恰好相反。在那里，你总能找到不满分子和盼望革命的人，只要把王国的某些贵族争取过来，你就能很容易地进入其王国，出于上述原因，他们将为你的入侵开路，并帮助你轻易获胜。但是，如果你想继续待在那里，你就会面临无数困难，而制造困难的正是那些曾经帮助过你的人和被你战胜的人。仅仅铲除君主的家族还不够，因为贵族们继续存在，他们会成为新的叛乱的领袖，而你既不能使他们心满意足，又不能消灭他们，于是，一旦让他们抓住机会，你就会丢掉那个国家。

现在来看，大流士政府的性质类似于土耳其王国，因此，亚历山大大帝的首要之需就是彻底推翻大流士，夺取他的辽阔领土。出于上文讨论过的原因，胜利之后，大流士死了，亚历山大大帝牢牢掌握了这个国家。他的继承人如果能够团结一致的话，本来是可以安享其国的；只要他们自己不去惹起事端，王国就不会发生变乱。

但是，对于法兰西那样立国的国家，占领之后就不可能如此天下太平。西班牙、高卢和希腊之所以频频发生由这些地方众多君主国发动的反罗马人起义，原因就在于此。只要他们还保持着自己的传统，罗马人就不可能高枕无忧；只有在这种传统被帝国的权力和持续的统治所粉碎之后，罗马人才能成为不可动摇的占领者。后来，当罗马人发生内讧时，由于他们已在各自的领地树立了权威，所以都能一呼百应，因为这些地方的旧主家族早已被铲除，只有接受罗马人的统治。

对此诸端了然于胸，就不会奇怪亚历山大何以能在亚洲保持统治，而其他像皮洛士[1]等许多人在巩固战果方面何以困难重重。这不在于征服者的能力大小，而在于被征服者的情况不同。

1 皮洛士（公元前319—前272），古希腊伊庇鲁斯国王，曾率军至意大利与罗马交战，付出惨重代价后打败罗马军队。后世有“皮洛士式的胜利”一语借喻代价沉重。

五、如何管理在被征服前生活在各自法律之下的城市或君主国

前面说过,有些国家被征服之前,曾长期在自己的法律之下自由地生活。统治这样的国家有三种办法:一是灭掉它们;二是亲自驻扎;三是让它们继续生活在自己的法律之下,但要让它们称臣纳贡,建立一个对你长期友好的、少数人组成的政府,而这样一个由新君主扶持起来的政府将会认识到,若是没有新君主的友谊和支持,它就不可能立足,因而肯定会全力拥护你。征服者如果决意保有一个习惯于自由生活的城邦,那么借助于该城邦的公民,会比任何其他方式都容易得多。

斯巴达人曾在雅典和底比斯建立了少数人组成的政府,以此控制那两个地方,后来还是丢掉了他们。罗马人为了控制卡普阿、迦太基和努曼蒂亚而灭掉了它们,就没有得而复失;他们试图像斯巴达人那样统治希腊,让它享有自由并允许它保留自己的法律,但没有成功。于是,为了保持统治而不得不灭掉许多城邦,除此之外也确实没有更可靠的办法了。谁要是成为一个自由城邦的主子而不去灭掉它,那就迟早会被它灭掉。因为,只要它发动起义,总会以自由的名义和旧制度为借口,而这两样东

西决不会由于时间的关系或者给人们一些什么好处就能被遗忘。除非公民们四分五裂或者作鸟兽散，否则，你无论怎么做，无论怎么防范，他们都不会忘掉那个名义和那种制度，一遇非常时期，立刻就会想起它们，正如比萨蒙受了佛罗伦萨人百年奴役之后的情形一样。

但是，那些习惯于生活在一位君主统治之下的城邦或地区，一旦旧君家族被铲除，它们却不会赞成推立它们之中的什么人为君主，因为它们服从惯了，没有了旧君，却又不会像自由人那样生活，所以，不可能很快就揭竿而起，新君主比较容易得到它们的支持并把它们操于股掌之中。但在共和国，生命力就较强，厌恶感较深，复仇欲也较切，它们缅怀过去的自由，不愿意也不可能平静下来，因而，最稳妥的办法就是灭掉它们，或者驻在它们中间。

六、以自己的军力和能力获取的新君主国

我在以下对全新的君主国及其君主和政府的讨论中，将谈到一些最卓越的先例，人们不应对此感到惊讶，因为人们几乎常在重复别人走过的道路，并且效法别人的事迹——虽然不可能完全合辙，或者并不具备效法的能力。一个精明老练之人，常会追踪伟大人物的足迹，效法出类拔萃之辈，即使力不能逮，至少也会带有几分气派；他会像精明的射手一样行事，如果看到射击目标距离太远，为弓力所不及，那就瞄准目标的高处，这不是为了射中那个高处，是为了取法乎上而得乎中。

我认为，在全新的君主国里，由于君主是新生的，统治起来的困难有大有小，这要看征服者——君主的能力强弱了。由平民一跃而为君主，肯定是得益于能力或命运，而这两者中的任何一项显然都会有助于减少许多困难。然而，最少依赖命运的，却最有可能长治久安。如果一位君主除了新征服的地区之外没有其他领地，那就最好亲自驻扎在那里，这样他会发现好处更大。

我认为，依靠本人的能力而不是依靠命运成为君主的出类

拔萃之辈，当属摩西、居鲁士、罗慕路斯、忒修斯[1]，以及能和他们相提并论的人们。当然，摩西只是上帝选定的他的意志的执行者，我们不必评头论足，但是，仅凭他获准有资格与上帝谈话，就应当受到尊崇。我们还是来看一下居鲁士以及其他那些赢得或创建王国的人们吧，你会发现他们全都令人惊愕不已；看看他们的作为及各自的方略，似乎与摩西的并无不同，尽管摩西有如此伟大的一位导师；再看看他们的行迹与生活，我们就会知道，他们拥有的是机会而不是命运，机会使他们所选择的形式有了内容；没有机会，他们的意志力就可能白白荒废，而没有意志力，机会也将了无用处。因此，身陷埃及、被埃及人奴役蹂躏的以色列人，对摩西来说就是必不可少的，他们为了从奴役中解脱出来而愿意追随他；对罗慕路斯来说，至关重要的是不应留在阿尔巴，并且一出生就被丢弃，这样才使他终于成为罗马王和他的故乡罗马城的奠基者；居鲁士所需要的则是波斯人厌弃米堤亚人[2]的统治，以及米堤亚人因长期和平而导致的愚钝软弱；对于忒修斯来说，假如雅典人不是一盘散沙，他想展示自己的能力是不可能的。所以说，机会使这些人功成名就，而卓越的能力则使他们能够洞察机会，结果是他们的国家蒸蒸日上，日趋昌隆。

像他们这样历尽艰辛而成为君主的人，获取君权时是困难的，保持君权就容易了。他们获取君权时的种种困难，部分是产

1 摩西，基督教《圣经》中的希伯来先知和立法者。居鲁士（公元前590/580—前529），即居鲁士大帝，波斯阿契美尼得王国开国君主，据希罗多德记载，古波斯人称其为“波斯之父”。罗慕路斯，传说为战神马耳斯之子，罗马城的建立者。忒修斯，传说中的雅典国王，以杀死牛首人身怪物弥诺陶洛斯闻名。

2 伊朗高原西北部古国，约公元前8世纪立国。与波斯人同源，国都埃克巴塔那（今伊朗哈马丹城），公元前550年为居鲁士所灭。

生于为了确保统治和安全而不得不去建立新的规章制度。应当看到，没有比试图建立新制度更困难的计划了，而且成败更无把握，实行起来更加危险，因为，倡导者将成为所有旧制度受益者的敌人，而新制度的所有受益者却只是些半心半意的拥护者。这种半心半意，部分是出于对那些反对者的畏惧，部分是出于不愿轻信的心理，人们在没有看到令人信服的确凿证据之前，是不会真正信任新事物的。因此，敌人只要抓住机会就会结党进攻，其他人只会半心半意地进行抵抗。由此可见，半心半意的臣民和倡导革新的君主都是危难中人。

为了更好地说明这个问题，必须研究一下这些革新者是依靠自身的力量还是求助于他人，就是说，为了经营他们的事业，需要恳求支持还是强行推进。如果四处向人恳求，那会度日维艰并将一事无成；但要依靠自己的力量强行推进，就不会有什么危险。所以，武装的倡导者全都获得了成功，而赤手空拳的倡导者尽成落花流水。

此外，人民天生就是反复无常之辈，就一件事情说服他们很容易，但要让他们坚信不疑就难了，因此，倡导者必须作好准备，一旦他们不再相信，就用武力迫其就范。假如摩西、居鲁士、忒修斯和罗慕路斯赤手空拳，人们就不可能长期服从他们创立的制度。我们时代的季罗拉莫·萨沃纳罗拉[1]修士就是徒手上阵的，由于他既不能使信任他的人坚定信任，又不能使不信任他的

1 季罗拉莫·萨沃纳罗拉（1452—1498），佛罗伦萨宗教改革家，1494年成为佛罗伦萨实际统治者，主持制定了1494年宪法。后不见容于教皇亚历山大四世，1498年以“异端邪说”被捕并被处死。

人产生信任，于是，一旦大众不再对他抱有信任，他和他的新制度便一起毁灭了。

因此，上面谈到的杰出人物，他们前进中的困难是巨大的，沿途充满了艰难险阻，只有依靠自己的力量加以克服，而一旦克服了困难，消灭了忌妒其高位的人物之后，他们就会受到崇敬，他们将是强大、稳固、荣耀和幸福的。

除了这些崇高的例证之外，我想补充一个次要的例证，它们多少有些相通之处，我想，它可以成为所有这类事例的代表，这就是叙拉古的希伦[1]，此人从平民一跃而为叙拉古的君主，除了机会之外，他根本没碰上什么幸运。遭受压迫的叙拉古人选择他做最高司令，他在那个地位上成了名，又被拥立为君主。其实，他在身为平民的时候就已显示了杰出的能力，以至于有人评论说："除了王国之外，他做国王已经什么都不缺了。"他解散了旧军队，组建了新军；他抛弃了旧盟友，另缔新交。当他拥有自己的盟友和军队之后，就能在此基础上建立任何一座大厦了。因此，虽然他在获取时经受了许多劳苦，但在享用时却已没什么困难了。

---

1 叙拉古为意大利西西里岛东岸古城；希伦指公元前 269—前 215 年在位的希伦二世。

七、靠运气和外国军队
获取的新君主国

那些仅仅依靠幸运而从平民跃升为君主的人，发迹时并不费力，但要撑持下去就力不从心了；他们在途中的时候没什么障碍，因为他们是在飞跃，等到落地之后，困难便会纷至沓来。

希腊的爱奥尼亚诸城邦以及赫里斯庞[1]的许多君主便是这样，他们或是靠金钱或是靠恩赐而得到了一个国家，都是由大流士立为君主，于是他们只能为了大流士的安全和荣耀而效力。还有一些皇帝也是这样，他们通过收买军队，从平民跃居皇位。这些统治者只是单纯依靠别人的意志或命运，而这两者都是完全飘忽不定之物。他们不懂得如何才能保住身居其上的那个地位，而且也不可能保得住。之所以不懂，是因为一个始终过着平民生活的人，除非具有杰出的才智和能力，就没有理由指望他明白如何发号施令；之所以不保，则是因为手里没有真正对自己友好而忠诚的军队。再说，突如其来的国家，如同自然界速生速

1 达达尼尔古称。

长的一切事物一样，不可能根深蒂固、盘根错节，第一场坏天气就能把它们毁于一旦。上述那些转瞬之间即成为君主者，如果有能力当机立断，抓住命运之所赐，奠定基础——别人都是在就位之前就奠定好了，他们还是能够撑持下去的。

关于上述两条途径，即依靠能力或者依靠命运成为君主，我想提出两个如在眼前的例子：弗朗切斯科·斯福尔扎和切萨雷·博尔贾。弗朗切斯科采取必要的手段，依靠自己杰出的能力，虽生为平民而位至米兰公爵；他在进取时历尽了千辛万苦，守成时便没有什么困难了。另一位，切萨雷·博尔贾，人称瓦伦蒂诺公爵，则是借乃父的运气而得其尊位，尽管他为了在这个国家——命运和他人的军队赐予他的国家——站住脚，已经采取了凡是精明强健的人都可能采取的种种措施和行动，但是，随着运气的消失，他也丧失了这个国家。前面说过，如果事先未能奠定基础，也可以依靠杰出的能力进行事后补救，但是，这对建筑师来说是困难的，对建筑物来说则是危险的。考察一下这位公爵的足迹就会看到，他本人确实给未来的权力打下了强有力的基础。

对此加以讨论并非多余。实际上，除了瓦伦蒂诺公爵的例子之外，我不知道还能给一位新君主提供什么更恰当的劝诫。尽管他的作为没有给他带来成功，但这不是他的过错，是命运给了他异常恶毒的打击。

亚历山大六世为他这位公爵儿子争取高位的努力，当时及后来都面临着重重困难。首先，他看不出有什么办法能使公爵成为教廷辖地以外任何一个国家的君主，他也知道，如果从教廷手中夺取这样一个国家，米兰公爵和威尼斯人是不会同意的，因为法恩扎和里米尼都已经处于威尼斯的保护之下。此外，他还明白，意大利的军队，尤其是他能够使用的军队，全部掌握在那些有理由担心教皇扩张势力的人们手中，他们是奥西尼和科隆内西[1]及其盟友，因此不能依靠他们。所以，他必须打破这种局面，使意大利各国陷入混乱，才能有把握制服某些国家。他发现做到这一步很容易，因为他的运气来了：威尼斯人出于其他考虑，正在着手再度把法国人召回意大利。他不仅不反对法国人进来，而且还给路易国王解除了早先的婚姻关系，使事情更好办。

由于得到威尼斯人的帮助和亚历山大的同意，法王长驱直入意大利，而且，他一到米兰，教皇就向他借兵以夺取罗马涅，法王则为了壮大自己的声威而慨然相助。这位公爵在夺得罗马涅、镇压了科隆内西之后，要想保持对这个地区的统治，仍然有两个隐忧：一是他的军队看来并不忠诚，二是法国的意图。他担心遭到自己所利用的奥西尼军队的背弃，他们不但可能阻碍他更有所获，甚至可能攫取他已经获得的东西，而法国国王可能也有如此居心。公爵在占领法恩扎之后又去进攻博洛尼亚，对此，奥西尼表现冷漠，他心中就有数了；当他拿下乌尔比诺公国之后准备长途奔袭托斯卡纳的时候，法王迫使他放弃了这一行动，这让他看透了法王的心思。于是，他决定不再依靠他人的军队，也不再依靠命运了。

---

1 指奥西尼家族，雇佣军世家，当时受雇于切萨雷·博尔贾。科隆内西指科隆内西家族，中世纪和文艺复兴时期的罗马豪门。

公爵采取的第一个行动，就是瓦解奥西尼和科隆内西在罗马的党羽，为此目的，他把追随他们的贵族争取过来，使之成为自己的贵族，给予重赏，并按其爵秩分别委以文武官职。这样一来，不出几个月，他们对罗马帮的所有感情便都化为乌有，完全转向了公爵。

此后，他又摧毁了科隆内西家族，并且等待时机铲除奥西尼家族的首脑。机会终于来了，他充分利用了这一机会。奥西尼意识到——尽管为时已晚——公爵及教廷的强大就意味着自己的灭亡，于是在佩鲁贾地区的马吉奥内召开了一次会议，结果乌尔比诺爆发了叛乱，罗马涅也发生了骚乱，这使公爵面临重重危难，但在法国的帮助下，他克服了所有这些危机。他重振了声威，然而他也不再信任法国及其他外来势力，为了试探他们，他开始设置圈套。他深知如何掩饰自己的意图，通过保罗·奥西尼[1]与奥西尼家族达成和解（为此他献尽殷勤去讨好保罗，送钱、送衣、送马），这事办得如此不露痕迹，最后在西尼加利亚把这些蠢货一网打尽。消灭了这些首脑之后，他又使他们的党羽变成了自己的朋友，为自己的权力打下了良好的基础；除乌尔比诺公国之外，还控制了整个罗马涅，尤其是——他相信——他已赢得罗马涅的友谊，并得到了全体人民的支持，因为他们已尝到了幸福生活的甜头。

由于这个问题值得注意，也值得效法，所以我不想忽略不谈。公爵占领罗马涅之后发现，统治它的都是些愚钝的领主。

1 奥西尼家族的首脑之一。

这些人与其说是在管理，不如说是在掠夺，他们制造事端，使臣民四分五裂而不是团结一致，整个地区充斥着盗窃、争吵和种种暴行；他认为，要想使当地恢复安宁、服从统治，必须建立一个好政府。于是，他委托麦瑟·雷米洛·德·奥尔科负责，并授予全权。此人冷酷机敏，短期内便恢复了安宁与统一，名声大噪。后来，公爵担心引起民愤，决定再无必要赋予他如此漫无边际的权力。因此，在这个地区的中心设立了一个公民法庭，委派了一位出色的首席法官，在那里，每个城邦都有自己的辩护人。公爵知道，以往的严酷措施已招来一些人的憎恨，应当设法安抚他们，把他们全都争取过来，他要向人们表明，如果过去发生过什么横暴行为，其源头并不在他，而是出自他的代理人的刻薄天性。为此，他找了个机会，一天早晨，在切泽纳广场，当众把麦瑟·雷米洛斩为两段。尸首旁边是一块木头和一把血淋淋的屠刀。这种残忍场面使那里的人民感到心满意足，同时也凛然生畏。

言归正题。这时，公爵已十分强大，对付当前的危险也有了一定的把握，他如愿以偿地武装了起来，消灭了有可能对他产生危害的邻近势力。但是，如果他想继续他的事业，眼前还有一个问题，那就是法国国王。他知道，法王已经意识到自己犯了一个悔之莫及的错误，不可能容忍新的征服了，因此，公爵开始寻找新的盟友并敷衍法国，比如在法国人进逼那不勒斯王国以及攻击正在围困加埃塔的西班牙人时，他就是这么做的。他的目的就是免受其害，对此，如果教皇亚历山大在世的话，他是能够迅速获得成功的。

这些就是他对当前事务所采取的措施。但是,对于未来事务,他却忧心忡忡。首先,教廷的新主人可能会对他不友好,甚至可能会夺回亚历山大已经给他的东西。有鉴于此,他打算采取四项措施以自保:一,消灭那些已被废黜的领主的家族,不给教皇留下可乘之机;二,像前面说的那样,把罗马的所有贵族争取到自己的一边,以便利用他们牵制教皇;三,尽力争取枢机主教团给予帮助;四,在教皇未死之前夺得更大的统治权,以便能够依靠自己的力量抵御最初的攻击。

到亚历山大去世时,公爵已把这事做完了三件,第四件也几近完成:那些被废黜的统治者遭到了不遗余力的杀戮,只有极少数幸免于难,罗马的贵族已被争取过来,枢机主教团基本上成了他的同党。

关于下一步的征服,他打算成为托斯卡纳的统治者。他已经占领了佩鲁贾和皮翁比诺,并将比萨置于他的保护之下,一旦没必要再对法国国王心存顾忌(其实他已无须顾忌,因为法国人已被西班牙人赶出了那不勒斯王国,这将使他们双方的每一方都不得不向他买好),就能立即霸占比萨,随后,卢卡和锡耶纳都会因为妒忌佛罗伦萨和心怀恐惧而立刻称降。对此,佛罗伦萨人将无可奈何。

如果他完成了这些计划(本来是可以在亚历山大去世那年完成的),他就可以获得足够的实力和声威,他可以自立,可以不再仰仗别人的运气和力量,而是依靠自己的元气和能力。但是,在公爵投身征战五年之后,亚历山大死了。他给凯撒留下了罗马涅,在两个强大的敌军之间,只有它是巩固的,其余的地方全都悬而未决，而且公爵本人也已病入膏肓。然而，公爵勇猛过人，能力出众，并且深谙得人之道和负人之失，在极短的时间内就打下了牢固的基础。假如没有强敌压境，假如他身体健康，他是能够克服任何困难的。

罗马涅人曾连续等了他一个多月，由此可见，他的基础是稳固的；在罗马，尽管他已半死不活，但却是安然无恙；尽管巴格利奥尼、维泰利[1]和奥西尼进入了罗马，但却不能对他采取进一步的敌对行动；尽管他未能把他希望的人选拥立为教皇，但至少阻止了他不喜欢的人成为教皇；假如亚历山大死时他还健康，一切事情可能都好办。他在尤利乌斯二世就任那天对我说，他早就料到他父亲死时会发生什么事情，并且已经找到了万全之策，但却根本没想到乃父死时他本人也已濒临死亡。

回顾公爵的所作所为，我认为无可厚非。相反，应当使他得到彰扬，对于那些依靠命运或他人的力量获得统治地位的人来说，他是值得效法的。他有足够的勇气和高尚的目标，理应如此作为，只是因为亚历山大短命和他本人罹病，他的计划才未能如愿。所以，谁要是认为必须使新到手的王国免遭敌人危害，必须争取朋友，必须靠武力或讹诈去征服，必须使自己令人民又爱又怕，必须得到军队的服从和尊敬，必须消灭有可能加害自己的人，必须更新旧制度，必须既严峻又和蔼，必须宽宏大量，必须毁掉不忠的军队，征募新军，必须同各国国王和君主们保持友好，但要迫使他们殷勤相助或者根本不愿为敌，那就再也找不出比

1　15 世纪佩鲁贾地区的统治家族。维泰利是雇佣军首领。

这个人的所作所为更新鲜的范例了。

我们能够对他加以责难的，唯有他选举尤利乌斯当教皇一事。这是他作出的一个错误选择。我已说过，即使找不到一个自己满意的教皇，他也能够阻止他想阻止的任何人得到那个职位，而绝不应该让一个被他伤害过或者当上教皇之后对他心怀恐惧的枢机主教担任教皇，因为人们会由于恐惧或憎恨而加害于他。受过凯撒之害的人们当中，有圣皮耶罗·阿德·温库拉、科隆纳、圣乔治和阿斯卡尼奥[1]等人。除了罗阿诺和西班牙主教之外，其他人一旦成为教皇，肯定都会害怕他：西班牙是他的盟友并受惠于他，罗阿诺则是因为与法兰西王国关系密切而享有权力。因此，公爵应该全力推举一个西班牙人当教皇，如果办不到，也应同意罗阿诺，而不应该是圣皮耶罗·阿德·温库拉。如果认为施以新的恩惠就能使一个大人物忘掉过去受到的伤害，那就是自欺。[2]公爵在这次选举中的失策，导致了他的最后灭亡。

---

1 均为枢机主教。圣温库拉 1503 年当选教皇，即尤利乌斯二世。

2 史载，圣温库拉与切萨雷·博尔贾家族积怨甚深。

八、以邪恶之道获取君权的人

生为平民而崛起为君主，还有另外两条途径，这不能完全归因于命运或能力，因此我不想略而不谈。对于其中之一，我可能在论述共和国时还要详加讨论。这两条途径就是：一个人利用邪恶卑鄙的手段跃居王位，或者一个普通公民得同胞之助而成为故土的君主。关于第一条途径，我将用两个例子加以说明，一个是过去的，一个是晚近的，可以肯定，用力钻营此道的人，有这两个范例就足够了，无须深究其功过。

西西里人阿加托克雷[1]，不仅是一介平民，而且低贱下流，但却成为叙拉古国王。此人系陶工之子，一生都过着邪恶的生活。然而，他在精神和肉体两方面的邪恶行径却展示了如此力量，以至于从军之后便一路青云，直到升为叙拉古的执政官。一到了这个地位，他又决意成为君主，并依靠暴力而不是领受别人的恩惠来占有人们同意给他的东西。为此，他还争取到了正率军在西西里作战的迦太基人阿米尔卡的赞同。一天早晨，他召集叙拉古人民和元老院开会，仿佛要和他们共商国是；在发出一个

---

1 阿加托克雷（公元前 361—前 289），公元前 316—前 304 年为叙拉古国王，前 304—前 298 年为西西里国王。

约定的信号之后，他的士兵就动手干掉了元老们和那些豪门大户。这场杀戮之后，他没有遇到公民的任何反抗，便夺得了对这个城邦的统治权；而且，尽管迦太基人将他两次击败并终于包围了他，但他不仅保卫了城邦，而且除了留下一部分军队反包围之外，还以其余兵力进攻非洲，因此，很短时间他就解了叙拉古之围，并使迦太基人陷入了绝境，被迫与他讲和；迦太基人满足于占有非洲，把西西里让给了阿加托克雷。

审视一下这个人的各种行径及其生平就会看到，他没有或极少得到命运之宠。前面说过，他没有得到任何人的鼎力相助，只是历尽艰辛在军中一步一步往上爬；他得到了君权，为了保住君权，他采取了许多勇敢的冒险行动。然而，屠杀同胞，叛卖朋友，言而无信，毫无恻隐之心，没有宗教信仰，是不能叫做德行的；以如此操行可以取得统治权，但不能赢得荣耀。如果考虑到阿加托克雷的出入危殆之境、忍受困难、克服困难的大智大勇，我们就没有理由认为他逊色于任何出类拔萃的将领。然而，由于他的野蛮横暴、残酷无情及无数的卑劣行径，他便没有资格跻身于最卓越的人物之列。因此，我们就不能无中生有地把他取得的成就归因于命运或德行。

在当代，亚历山大六世在位期间，费尔莫有一个幼年丧父的奥利维罗托，由他的舅父乔万尼·福利亚尼抚养，少年时候就被送到保罗·福泰利[1]部下当兵，以图能在那里得到精心培养，将来在军中飞黄腾达。保罗死后，他在保罗的兄弟维泰洛佐部

1 佛罗伦萨雇佣军将领，1499年10月因涉嫌叛变被捕杀。

下服役，由于他机智勇敢，身强力壮，很快就成了军中的排头兵。但是，他不甘屈居人下，决心在某些费尔莫市民——他们认为受奴役胜过他们故乡的自由——和维泰洛佐的帮助下去夺取费尔莫。

于是他写信给乔万尼·福利亚尼说，由于背井离乡多年，很想回去探望他和故乡，也想看看自己的遗产；他还说，除了荣誉之外自己别无所求。为了让他的同胞看到他并未虚度光阴，他希望带着由他的朋友和侍从组成的一百名骑兵荣归故里，并请求舅父安排费尔莫人民给他体面的欢迎，声称这不仅是他本人的荣耀，而且还是乔万尼的荣耀，因为他是乔万尼养育的孩子。

于是，乔万尼竭尽全力为这位外甥尽了义务，使他得到了费尔莫人民的隆重欢迎。奥利维罗托在自己家里安顿下来。过了几天，为下一步的邪恶计划作出了精心密谋之后，他举行了一个盛大宴会，邀请乔万尼·福利亚尼和费尔莫的所有要人出席。酒足饭饱，所有惯常的宴会节目也都结束了，奥利维罗托按预定的设计发表了一通一本正经的演说，大谈教皇亚历山大和他的儿子凯撒的伟大业绩。乔万尼和其他人对此作出了反应。奥利维罗托立刻起身，声称在一个比较隐蔽的地方谈论这些事情为宜，并退入一个房间。乔万尼和其他人也跟了进去，刚要坐下，士兵们就从藏身之处涌了出来，把他们杀了个精光。

大肆杀戮之后，奥利维罗托便在城里纵马横行并包围了王宫，那位君主惊恐万状，被迫屈从，认可了一个由奥利维罗托作君主的政府。消灭了那些心怀不满并可能危害他的人之后，他颁布了新的民政及军政措施以巩固统治，在把持君权的一年间，他不仅在费尔莫安稳立足，并且成为所有近邻的畏惧目标。其实，在切萨雷·博尔贾镇压了奥西尼和维泰利之后，假如奥利维罗托在西尼加利亚不上公爵的当，他也会像阿加托克雷一样难以被推翻。在蓄意灭亲一年之后，他和他的恩师维泰洛佐一同做了俘虏，他被处以绞刑。

有人可能会奇怪，像阿加托克雷及其同类那样无比奸诈残暴之徒，为什么却能在国内长期安全地生活下去，能够免受外敌侵害，而且人民也从不谋反；但其他许多人，即使在和平时期也很难依靠残暴手段维持统治，更不必说胜败未卜的战争时期了。我认为，原因就在于善用还是滥用残暴。我们所说的善用（假如能够把善这个词用于恶事），是指征服者出于自身安全的需要，可以偶尔使用一下残暴手段，除非能为臣民谋得更大的利益，决不再三使用。所谓滥用指的是，虽然开始时用得不多，其后却与日俱增，而不是日渐减少。以第一种方式行事的君主，假如能得神、人之助，像阿加托克雷那样，还能更有利于巩固地位；采取第二种方式的人就很难自保了。

由此可见，精明的征服者在夺取一个国家之后，应当把自己必须采取的侵害行为统统明确下来，并且立刻毕其功于一役。这样一来，便无须日复一日地做下去，因为，不去反复地侵害人们，他们就会产生安全感；继而善待他们，就会得到他们的支持。如果由于怯懦或受人唆使，反其道而行之，你就只好总是刀剑在手，决不会信赖臣民，臣民也会由于受到新的不断侵害而不可能感到安全。把侵害行为一次干完，臣民便会少受些折磨，怨忿就少一些；好处则应该一点儿一点儿地给，才能使他们更好地品到滋味。

尤其是，明君应当与臣民生活在一起，目的在于防止发生意外事件，以免被迫改弦更张，无论那是坏事还是好事。因为，在不利时期出现紧急情况，再去采取严厉措施已为时太晚；这时赶忙行善也帮不了你，因为这将被人视为迫不得已，你不会因此而得到任何感激。

九、“公民君主国”

现在谈谈另一种情况。一个平民得到同胞的帮助而不是依靠凶狂作恶或者不法暴力成为君主，我称这种国家为公民君主国。要取得这种地位，既不需要完全依靠能力，也不需要完全依靠命运，需要的是一种侥幸的机敏。这样取得君权，要么是得助于人民，要么是得助于有钱人，因为每个城邦都有这样两个对立的派别。公民君主国的由来就在于此：人民不愿被有钱人支使和压迫，有钱人则喜欢支使和压迫人民，这两种对立的需求便产生了以下三种结果之一，即君权、自由权或放任自流。

君权不是出于人民就是出于有钱人，这要看双方的哪一方有此动机。有钱人在看到无力与人民对抗时，就会支持自己中间的某个人成为君主，以在他的荫庇之下满足自己的需求。人民也是这样，他们在无力对抗有钱人时，也会支持自己中间的某个人成为君主，以便得到他的权力的保护。

得有钱人之助而取得的君权，比得人民之助而取得的君权要难以维持，因为君主被许多自认为与他平起平坐的人包围着，以致君主不可能按照自己的意志对他们发号施令或调遣安排。但是，一个得到人民支持而即位的君主，却是只身独立的，他的周围没有任何人——或者只有极少数人——不准备服从。此外，统治者如果有口皆碑、不损害他人，有钱人虽不会满意，但人民肯定满意，因为人民的目的要比有钱人的目的更光彩，有钱人要的是压迫，人民的希望是不受压迫。

再说，同怀有敌意的人民作对，君主绝不会得到安全，因为人民为数太多；同有钱人作对则无损于君主的安全，因为有钱人为数甚少。当然，对君主来说，可以预料，怀有敌意的人民所能干出来的，充其量就是抛弃他；怀有敌意的有钱人则会让他胆战心惊，因为他们不仅会抛弃他，还会采取行动收拾他。有钱人比人民更富有洞察力，更机敏，他们总能使自己及时得救，并能求得他们寄予胜利希望的任何人的支持。但是，君主还是要与人民生活在一起，即使没有有钱人，他也能过得下去，他对有钱人能随时加以予夺，还能随意给予毁誉。

为了更充分地说明这个问题，我认为主要应从两个方面注意观察有钱人：他们为人处世是否完全以你的命运为转移。如果是，并且又不贪婪，就应给予尊重和爱护；如果不是，那就需要检验一下，他们这样做是出于胆怯还是天生缺乏勇气（这时你应当利用他们，特别是利用那些能够出谋划策的人，因为，你在顺境中他们会尊敬你，身处逆境时也无须害怕他们）。

但是，当他们出于野心而故意疏远你时，这就是一个征兆，表明他们更多的是替自己而不是替你着想。君主对这些人应多加防范，宁肯把他们视做公开的敌人，否则一旦你的处境不利，他们必会推波助澜，直到把你毁掉。

因此，得人民之助而成为君主的人，如果明智的话就应当和人民保持友好的关系，做到这一点很容易，因为人民所要求的不过是免于压迫。但是，一个与人民作对的人如果依靠有钱人的帮助而成为君主，那么他的首要之务就是努力争取人民的支持，做到这一点也很容易，那就是向人民提供保护。这样，人们原来担心身受其害而现在却领受其恩，就会更加亲近他们的保护人，人民对这样一位君主会迅速地倾心拥戴，这将使那些帮助他登上王位的人相形见绌。

所以，一位明君可以采取多种办法争取人民的支持，这些办法因时因地而异，不好给出一定之规，恕不赘述。我只想指出，君主同人民保持友好关系至关重要，否则，一旦身处逆境，他将无计可施。斯巴达君主纳比斯[1]，顶住了整个希腊和一支罗马军队的围攻，大获全胜，保住了他的城邦和他本人的地位；而在危难降临之时，他需要做的无非是处置几个不忠的公民，但假如这时人民都对他怀有敌意，处置几个人就无济于事了。

明君应当依靠人民，这是我的信条，与此相反的则是一个陈词滥调："立足于民，犹如沙地建屋。"当然，如果一个平民立足于人民，一厢情愿地认为一旦受到敌人或公职人员的侵害，人民将会来解救他，那个说法的确言之有理，但像罗马的格拉基[2]和佛罗伦萨的麦瑟·乔治·斯卡利[3]那种情况，他往往会发现上了大当。但是，当立足于民的是一位能够统率全局的君主，一位勇敢无畏的大丈夫，处逆境而不动摇，不乏未雨绸缪之功，以他的

1 公元前 206？—前 192 年在位，以贪婪、残暴闻名，后被罗马人暗杀。

2 即古罗马著名的保民官"格拉古兄弟"。

3 14 世纪时佛罗伦萨的下层民众领袖之一，1382 年 1 月被杀害。

勇气和谋略鼓舞着人民,他就绝不至于被人民所负,他可以确信已经奠定了坚实的基础。

公民君主国在从共和政体转向专制政治时,往往险象环生,因为有的君主是亲自施政,有的则是依靠政府官员施政;在后一种情况下,君主的地位更加软弱、更加危险,他们完全受制于那些把持公职的公民的意志。特别是在危难时刻,这些人要么会采取行动反对君主,要么就是拒不服从,他们很容易就能篡夺君主的权位,而君主到了危急之时才想到抓取绝对权力,未免太迟了,因为公民或臣民已经习惯于从政府官员那里接受命令,在这种紧急关头也不会听从君主的命令;而且风云突变之时,君主还常常找不到能够信赖的人。这样的君主不要被天下太平时的景象所迷惑,那时的公民都对政府有所祈求,人人都在为国奔走,人人都会信誓旦旦,人人都因为死亡尚在远处而表示乐意为君主献出生命;到了黑云压城之时,当政府需要公民的时候,能找到的人却寥寥无几了。统治者要想做这样的试验将会大难临头,因为你能试验的机会只有一次。所以,明君应当竭力设法使他的公民在任何时候、任何情况下,都对政府和他本人有所祈求,这样他们才会永远效忠。

十、如何评价君主国的实力

在研究各类君主国的性质时，还应讨论另一个问题，就是说，一个君主能否在必要时单独依靠自己的力量反击入侵，抑或常常需要他人的照应。更明确地说，我认为，只要他能拥有足够的人力、财力，使他能够征募到足以同任何来犯之敌决战疆场的军队，他就有能力靠自己的力量反击入侵的君主。同理，如果他不能到战场上迎击敌人，而只是被迫躲在城墙后面进行防御，我想，他就是常常需要别人援助的君主。第一种情况已经讨论过了，适当的时候还可以再谈。关于第二种情况，我只有建议这种弱君，不必看重城邦以外的地方，只管备足粮草，固守城邦，至于其他，我没什么好说的。任何一个统治者，只要他加强城防并且按照前述及下面还要谈到的方法处理好与臣民的关系，无论谁想攻击他，都会大大踌躇一番，因为，他们在眼看着这样的图谋面临重重困难的时候，总是心怀疑惧的，而且他们还会看到，进攻一位壁垒森严、不被人民憎恨的君主将是多么不易。

日耳曼的城邦是完全自由的，只有很少农田，是否服从皇帝要看它们是否愿意；它们并不害怕皇帝或邻近的任何统治者。因为它们的壁垒之森严使任何人都能明白，要想攻陷它们肯定会旷日持久、难乎其难。它们全都筑有足够的壕堑城垣，备有足够的大炮，官廪中储有足够一年之需的饮食及燃料。同时，为了保证人民供给而又不致耗尽官廪，它们一年到头总是有办法在那些事关城邦存亡和百姓饥饱的行业中向人民提供工作机会。它们的军事素养也是名闻遐迩，并且形成了许多制度以保持这种素养。

因此，一位拥有强固的城邦、又没有遭到憎恨的君主，就不会受到侵犯，而一个鲁莽来犯之敌肯定会狼狈收兵，因为这个世界的事情已是如此变动不居，一个入侵者将会发现，让他的军队整整一年无所事事地围困这样一位君主，几乎是不可能的。也许有人会说："如果人民在城外有财产，现在眼看着要毁于战火，他们将失去耐心；而且长期的围困和利己之心也会使他们置君主于脑后。"对此，我的回答是，一位有力而果敢的君主总能克服所有这些困难，他会让臣民抱有希望，想必灾难不至于没完没了，同时又对敌人的残酷怀有恐惧；他还会巧妙地防备那些他认为过于胆大妄为的不轨之徒。此外，来犯之敌总要在周围地区烧杀劫掠，这时如果城邦的士气仍然旺盛，并且决心抵抗，君主更不应该犹豫不决，否则，用不了几天，一旦士气消沉，危害便已铸成，灾难也将临头，那就无可挽回了。当然，君主的抗敌行动导致人民的房宅家产毁于兵火，尽管这使君主显得有负于人民，但人民也许会更加义无反顾地与君主同心同德。就人的本性而言，授受恩惠都能使人产生义务感。

因此，一位明君，如果能够事事成竹在胸，不乏粮草，防守得当，那就不难使他的臣民始终保持坚定意志以抗击围困。

十一、教皇国

现在尚未讨论的只有教皇国了。对它们来说，全部困难都发生在得到它们之前，而得到它们要么靠能力，要么靠命运；但要保持下去，则既不靠能力也不靠命运，靠的是历史悠久、相沿成习的教规。这些教规至今仍然强大有力，并且有着如此性质：让君主把持权位，对他如何行事和生活却不闻不问；君主独自拥有国家却不设防卫，拥有臣民却不加治理；然而，国虽无防却无人攫夺，臣民不受治理却并不在意，且君民离间之事既不可想象也无此可能。只有这种君主国才是安全而幸福的。

但是，由于它们得到了人类智力难以企及的更高理想的支持，我就不再谈论了，因为它们得到了上帝的扶持，对其论短说长，只能是忘乎所以的孟浪之举。

然而，还会有人问我，教廷何以能在世俗事务中获取如今这样的实力？在教皇亚历山大之前，意大利的当权者们（不仅是这些被称为当权者的人，即使那些非常非常弱小的贵族和领主们）在世俗事务方面并不把教廷放在眼里，而现在，法国的国王却在她面前发抖；她已经把法王赶出了意大利，并且毁灭了威尼斯人——尽管这种局面已为众所周知，我还是认为，稍稍详细地回忆一下并非多余。

法王查理入侵意大利之前,这个地方处在教皇、威尼斯人、那不勒斯国王、米兰公爵和佛罗伦萨人的统治之下。这些当权者需要警惕的有两件事:第一件是外国军队入侵意大利,第二件是意大利诸国之一夺取更多的地盘。在这中间,教皇和威尼斯人备受注意。为了遏制威尼斯人,其他各国需要像保卫费拉拉时一样结成同盟。为了遏制教皇,他们就利用罗马的贵族,把他们分裂为奥西尼和科隆内西两派,使他们相互倾轧;他们手执武器面对教皇,使教皇心虚胆怯。

虽然有时也能出现一个像西克斯图斯[1]那样勇敢的教皇,但是,无论命运还是机谋,都不能使他摆脱这种烦恼。教皇在位时间短暂也是造成这种局面的一个原因,他们平均在位十年,而十年时间恐怕很难压服一个派别,例如,一位教皇差不多摧垮了科隆内西家族,但继位的教皇又与奥西尼家族为敌,而为了扶持科隆内西一派再度崛起,又拿不出时间去毁灭奥西尼一派。结果,教皇的世俗权力在意大利几乎无足轻重。

亚历山大六世继位之后,却超越了历任教皇,显示了一个教皇可以利用金钱和武力而得势。他把瓦伦蒂诺公爵用作工具,并利用法国入侵的机会做出了我在前面论及公爵的作为时业已谈到的种种成就。虽然亚历山大的意图并不是为了扩张教廷势力,而是为了助长公爵的势力,但他这样做的结果却是教廷势力的壮大,在他去世和公爵败亡之后,教廷便坐享了他

1 即意大利籍教皇西克斯图斯四世(1414—1484),1471—1484年在位,卷入暗杀美第奇的阴谋等许多纠纷,参与对佛罗伦萨的战争,竭力壮大教皇辖地。

的努力成果。

其后，教皇尤利乌斯继位。他发现教廷是强有力的，因为她已控制了罗马涅全境，罗马的贵族已被铲除，帮派之争也在亚历山大的打击之下告停。他还发现了直到亚历山大时代都没人用过的敛财之道。尤利乌斯不仅继续实施这些方略，并且发扬光大。他决心夺取博洛尼亚，灭掉威尼斯人，把法国人赶出意大利。他的这些事业全部大功告成，这为他带来了更高的声誉，因为他的所有作为都是为了提高教廷的地位而不是哪个人的地位。他让奥西尼和科隆内西两派各得其所，使其各守本分，尽管他们当中还有某种反叛的倾向，但有两件事使他们保持了安静：一是教廷的强大使他们心怀畏惧，二是不让他们的人担任枢机主教，而枢机主教正是双方争斗的根源。只要他们有人担任枢机主教，党争就会无休无止，因为这些主教必在罗马内外培植同党，贵族们只好去保护他们，于是主教们的野心便会导致贵族之间的纷争和变乱。

因此，教皇利奥[1]陛下当会明察教宗职位的强大有力。我们期望，既然陛下的前人已经依靠武力使这一职位变得举足轻重，那么陛下的仁慈和无数其他美德，将使它更加伟大和令人崇敬。

1 即乔万尼·德·美第奇（1475—1521），洛伦佐家族成员，1513—1521年在位。

十二、军队的不同种类及雇佣军

本书开篇就提出要加以讨论的那些君主国的性质，我已作了详细论述，并且从多方面指出了它们或盛或衰的原因，展示了许多人努力谋国保国的方略，现在需要概括讨论一下他们可能采取的攻守之道。

前面说过，君主必须强根固本，否则必亡。而一切国家，无论新旧或半新半旧，其根本之所在，就是良好的法律和良好的军队。军队不良则法律不良；有良好的军队必有良好的法律。下面我想谈谈军队问题，法律问题从略。

我想，君主用来保卫国家的军队，不外乎自己的军队、雇佣军、外国援军或者混合型军队。雇佣军和外国援军有害无益。如果君主以雇佣军充当他的统治基础，他将既无安定可言，也无安全可享；因为他们人各有志，自命不凡，风纪败坏，无信无义，见朋友勇，遇敌人怯，待上帝不敬，对同类不忠，你的败亡之所以推迟，不过是敌人推迟了对你的攻击罢了。你平时将受到他们掠夺，战时又会受到敌人掠夺，原因在于，除了那点佣金之外，他们既不会出于对你的爱戴，也没有其他理由去投身沙场，而这点佣金并不足以让他们为你冒死拼杀。只要你没有战事，他们也确实乐于给你当兵，一旦战火临头，则兴致全无或者溜之大吉。要想证明这一点并不困难，因为意大利最近的土崩瓦解，无非就是她多年以来依靠雇佣军的结果。某些君主确实得到了现实利益，雇佣军的相互争斗也显得骁勇善战，不过一有外敌压境，他们就原形毕露，以致法王查理只是挥舞着粉笔就进占了意大利。有人说，落到这步境地是我们的罪过。他说出了真相。但根本不是他所想象的那些罪过，而是我已经论及的那些罪过：那是君主们的罪过，他们已经为此蒙受了惩罚。

我想进一步说明这种军队的卑劣性质。雇佣军的将领们，要么就是兵家高手，要么不是。如果是，你就不能信赖他们，因为他们总想着为自己谋取权力，从而不是折磨你这个主子，就是逆着你的旨意折磨别人。如果不是个称职的将领，一般说来你就能毁在他手里。也许有人会说，无论他是不是个雇佣兵，只要他控制了军队就能够毁了你。对此，我的回答是，军队必须由君主或共和国来驾驭。明君要亲自履行统帅的职责。管理有方的共和国则应委派一个公民，假如奉派之人最终表明不是称职的首长，就应予以撤换；假如他胜任其职，也应予以法律约束，庶几不致越轨行事。经验告诉我们，只有自主行动的君主和武装起来的共和国才能成就大业，雇佣军却是成事不足而败事有余。身为公民自会发现，如果他的城邦是一个用自己的武器而不是用外国武器武装起来的共和国，她将更难被人征服。

罗马和斯巴达许多世纪都在整军经武，从而享有自由。瑞士则是彻底武装起来，因而享有完全的自由。关于古代雇佣军的情况，迦太基人提供了一个例子：尽管迦太基人委派自己的公民担任雇佣军的指挥官，但在第一次同罗马人交战之后，却差点儿被雇佣兵们打倒。伊巴密浓达[1]死后，马其顿的腓力被底比斯人请来担任军事统帅，胜利之后却剥夺了他们的自由。

腓力公爵[2]一死，米兰人便雇用弗朗切斯科·斯福尔扎去讨伐威尼斯人，及至卡拉瓦焦一战击败了敌人，斯福尔扎却又和威尼斯人联手，转而打垮了他的雇主。斯福尔扎之父，曾经受雇于那不勒斯女王乔万娜，充任率军之将，后来突然离她而去，使军队解体；为了不致丧国，女王被迫投入阿拉贡国王[3]的怀抱。

然而，威尼斯和佛罗伦萨过去都曾利用雇佣兵扩张自己的势力，但他们的将领却并未自立为王，反而保卫了它们。对此，我的看法是，佛罗伦萨人在这件事上靠的是侥幸，因为，他们虽然有理由对那些精明强干的将领感到忧心忡忡，但这些人当中，有的未获战绩，有的受到牵制，还有的则另有它骛。

未获战绩的那个人就是乔万尼·奥库特[4]，此人是忠是奸，我们不得而知，因为他没有打胜，但是任何人都会承认，假如他打胜了，佛罗伦萨就得由他主宰了。斯福尔扎则有布拉切斯基这样一个对头互相掣肘。弗朗切斯科把他的野心转向了米兰，布拉乔则把矛头对着教廷和那不勒斯王国。再来看一下不久前发生的事情。佛罗伦萨人使保罗·维泰利成为他们的将领，此

1 公元前4世纪时底比斯的军事将领和政治家。

2 腓力公爵（1412—1447），米兰公爵，其女比安卡·玛丽阿为弗朗切斯科·斯福尔扎之妻。

3 即西班牙国王斐迪南二世。

4 乔万尼·奥库特（1320—1394），本名约翰·德克伍德，英国人。曾参加英法战争得英王授勋，后率兵到意大利各国充当雇佣军，客死佛罗伦萨。

人老谋深算，起自平民而致身显达，已是名声大噪；如果他夺占了比萨，佛罗伦萨人势必成为他的奴仆，这是谁都不会否认的，因为，既然雇用了他，就只有服从他，否则，一旦他被敌人雇为将领，佛罗伦萨人将无防可守。

至于威尼斯人，考察一下他们的行迹就会看出，他们把进取目标指向大陆之前，一直是亲自作战；他们的贵族和武装的平民都表现出了极大的英勇气概，因而取得了既稳妥又辉煌的进展。但是，当他们开始在大陆作战之后，却丢弃了这种英勇气概，学上了意大利式的战法。

他们在大陆扩张之初，由于地盘还不够大，加之声威赫赫，因此，还不怎么担心他们的雇佣军将领。但是随着卡尔马尼奥拉[1]挥兵挺进，他们的地盘逐渐扩大，这时他们便尝到了苦头。他们发现，此人才具过人（正是由于他的领导能力，他们才打败了米兰公爵），但同时也看到，他越来越无心征战。于是，他们断定，要想继续赢得胜利，指望他是不可能了，因为他不愿干了；但又不能解雇他，否则，已经到手的东西恐怕也将得而复失。因此，免受其害的必要性使他们不得不杀了卡尔马尼奥拉。后来，他们又将贝加莫的巴尔托洛梅奥、圣塞维里诺的罗伯托、皮蒂利亚诺公爵等等雇为将领，这样，他们便不得不担心失败，结果是一无所获。终于，后果在维拉出现了：他们八百年来含辛茹苦赢得的一切，在一场战役中丧失殆尽。由此可见，依靠雇佣兵，即使能有所得，也是来得既慢且迟，而且微不足道，但要失

---

1 卡尔马尼奥拉（1390—1432），雇佣军首领，先是受雇于米兰，后为威尼斯效力，1432 年以叛变罪被威尼斯人处死。

足，却会快得让人不可思议。

由于这些例子都发生在已被雇佣军统治了多年的意大利，我想应当回顾一下他们的过去。我认为，只有了解他们的来历，才能更好地控制他们。你肯定知道，在现代意大利，王权遭到排斥，而教皇却在世俗事务中取得了更大的权力；意大利四分五裂、国家林立，许多大城邦拿起武器反对它们的贵族，而这些贵族过去是靠王权的支持才占有了它们；教廷则向城邦伸出援手，以便对世俗事务发挥影响；还有一些城邦则是公民做了君主。这样一来，意大利几乎全部落入教廷和五花八门的共和国之手。由于掌政的教士和公民并不熟悉掌军之道，他们便开始招募外国人。

第一个使这种军队出名的人就是科尼奥的阿尔贝里戈[1]，一个罗马涅人。此人门下出了些人物，其中就有布拉乔和斯福尔扎，他们成了当时的意大利主宰。继他们之后，其他人又接踵而来，统率雇佣兵以至今日。让他们效力的结果是，意大利遭到了查理的蹂躏、路易的掠夺、斐迪南的强暴和瑞士人的凌辱。

下面就是他们使用的办法：最初的时候，他们贬低步兵以抬高自己，这样做是因为他们没有地盘，以受雇为生；步兵兵员太少，则无助于抬高他们的声誉，兵员多了又供养不起。因此他们改用骑兵，并且保持一个便于驾驭的规模，这给他们带来了收益和荣誉。后来则出现了这样的情形：在一支两万人的军队中，步兵还不足两千。此外，他们还千方百计使自己和士兵们摆

1　阿尔贝里戈（1344—1409），意大利式雇佣军的创始人，组建了著名的"圣乔治兵团"。

脱困苦,免于恐惧,两军对垒时并不互相杀戮,而是捕捉俘虏,然后不要赎金即予释放。他们从不夜袭城邦,城中驻军也从不袭击宿营地。他们的军营周围不设栅栏,不挖壕沟,冬天一到就不出征。所有这些都是他们公认的军事惯例,目的就是为了逃避艰险,结果是他们陷意大利于奴役和屈辱之中。

十三、外国援军、混合型军队及本国军队

当召唤一个强人率军援助和保护你时，这就是外国援军（是又一种有害无益的军队）。教皇尤利乌斯二世近年来就是这样做的。他在征讨费拉拉时目睹了雇佣兵的低劣表现，于是转而求助于外国援兵，同西班牙国王斐迪南达成协议，由他提供军事援助。

这些军队本身也许是可堪任用的仁义之师，但是对于邀请他们的人来说，却几乎总是有害的；因为，他们落败了，你也就完了，他们打赢了，你会成为他们的囚徒。尽管这样的例子在古代历史上比比皆是，但我不想离开教皇尤利乌斯二世这个新近的例子。为了把费拉拉弄到手，他竟然能完全委身于一个外国人，这个决定简直愚不可及；幸亏他运气好，出现了第三种情况，才使他免受这一错误选择之苦：他的援军在拉韦纳遭到惨败，这时瑞士人突然出现并赶走了胜利者——这完全出乎他和其他人的意料。因此，他既没有成为他的敌人的俘虏，也没有成为那个援军的囚徒，因为他的敌人已经溃逃，而帮助他获胜的是其他力量而不是那个援军。佛罗伦萨人在完全赤手空拳的情况

下却招来上万名法国人去围攻比萨，这种做法给他们带来了在任何一个奋斗阶段都没有过的危险。君士坦丁堡的皇帝为了对付他的邻邦，把一万名土耳其士兵开进希腊，战争结束后他们却不走了，这就是希腊遭受异教徒奴役的开端。

所以，谁要不打算夺取胜利，就请使用这种军队。他们要比雇佣军危险得多，因为，他们一来，灭亡就注定了；他们万众一心，全部听从另一个人的命令。但是雇佣军有所不同，他们获胜之后要想加害于你，需要较长的时间去寻找机会，因为他们不是一个整体，而是被你招来并由你支付报酬；统率他们的是由你指派的第三者，这个第三者不可能立即取得足够的力量加害于你。简言之，雇佣军之大患只在其慵懒与懦弱，而外国援军之大患却在其效能。因此，明君总是拒斥这些军队而求诸自己的军队；他们宁可用自己的军队打败仗，而不愿用别人的军队打胜仗，他们认为使用外国军队不会赢得真正的胜利。

我要毫不含糊地举出一个例子，这就是切萨雷·博尔贾及其作为。这位公爵依靠外国援军——扮主角的全部是法国军队——侵入罗马涅，并夺取了伊莫拉和弗利。但后来他觉得这个军队靠不住，于是求诸雇佣军以期减少风险，他雇用了奥西尼和维泰利。其间又发现他们也不可靠，心怀鬼胎且胡作非为，于是消灭了他们，转而求诸自己的军队。如果我们注意一下，当公爵仅仅依靠法国人、后来又依靠奥西尼和维泰利、最后完全依靠自己的军队时，他的名声各不相同，我们就很容易看出这些军队是多么大相径庭。我们发现，当人人都明白他是他的军队的唯一主人之后，他的声望便与日俱增，得到了从未有过的高度尊重。

我不想撇开意大利的近况去空谈，但也不应忽略前面提到的众人之一——叙拉古的希伦。我已说过，当叙拉古人推举他为军事首脑之后，他立刻就发觉像今日意大利那样雇人拼凑起来的雇佣军是毫无益处的，这些人既难以管束又不能解雇，于是断然采取行动，彻底消灭了他们。此后，他率领作战的便是自己的士兵而不是外国人了。

我想提醒一下，《旧约》中的一个人物也涉及这个问题。大卫向扫罗王自告奋勇，要同腓力士的挑战者歌利亚决一雌雄，扫罗王为了给他壮胆，把自己的盔甲让给他披挂上阵。然而，大卫试了一下便回绝了；他说，穿戴盔甲并不能使他更好地发挥力量，他宁愿使用自己的投石器和刀子去迎战敌人。[1]总之，用别人的盔甲，不是松松垮垮，就是不堪重负，要么就束手束脚。

法王路易十一之父查理七世，依靠命运和自己的能力从英格兰手中解放了法兰西。他认识到自己武装自己的必要性，在他的王国里颁行了关于重骑兵和步兵的法令。可是，他的儿子，路易国王，后来却废除了步兵，开始招募瑞士人。如今，实践经验已经表明，这一错误以及随之而来的其他错误，正是使这个王国落难的祸根：国王给瑞士人长了威风，却让自己的军队垂头丧气，因为他完全取消了自己的步兵，同时又让自己的骑兵依赖他国军队；法国骑兵逐渐习惯于和瑞士人协同作战之后，便认为离开瑞士人他们就不能获胜。结果是法国要想和瑞士作对已

1 原文如此，事见《圣经·旧约》“撒姆耳记”第17章，略有出入。

无能为力，而离开瑞士人他们也没有胆量与他国作对。

于是，法王的军队便成了混合型军队，一部分是雇佣军，一部分是他自己的军队。总体上来看，这种军队大大优于纯粹的外国援军或纯粹的雇佣军，但毕竟远远不如纯粹自己的军队。上述情况足以说明，如果查理七世的举措能够得以发展和坚持，法兰西王国将是不可战胜的。但是，人们常常会随意采取某些轻率的行动而不顾其中的隐患，犹如前面提到的消耗热病。因此，一个君主如果不能洞察国家的弊病于肇始，那就不是真正的明君，而具备这种能力的人却是凤毛麟角。

研究一下罗马帝国的覆灭就会发现，其主要原因就是招募哥特雇佣兵；由此开始，帝国的势力便不断衰落，因为，作为帝国势力之源泉的全部元气都转移到哥特人那里去了。可以断定，没有自己的军队，任何君主国都将没有安全可言；相应的，如果她没有一支能够在危难时刻效死尽忠的力量，她就只有听天由命了。明智之士常常告诫的一个信条是："不以自己的力量为基础的权力，无论它有多大的声望，也是虚弱的、靠不住的。"所谓自己的军队，就是由你的国家或仆从国家的臣民或公民组成的军队，此外的所有军队都是雇佣军或者外国援军。

如果你能对前述原则了然于心，并且注意一下亚历山大大帝之父腓力以及其他许多君主与共和国如何组织自己的军队，你将很容易悟出自己的整军之道。我对此道笃信不疑。

十四、君主的军务责任

一位明君，除了战争、战法、战备，不应再有其他的目标、其他的志趣，也不应以他业为职，因为这是身为统帅者的唯一职业，其效用不仅能使那些生而为君的人永保其位，而且使那些生为平民的人能够屡屡跃居王位。反之，一旦君主贪图享乐、疏于军务，则丧权之日不远。亡国的主要原因就是玩忽这一职守，而得到一个国家的主要原因则是精于此道。弗朗切斯科·斯福尔扎专心致志地整军经武，于是由平民而至米兰公爵；他的子嗣却因逃避军务之苦而由公爵沦为平民。

不事军务何以能给君主带来麻烦？首要原因就是他将由此而被人轻蔑。这是明君应当警惕的耻辱之一，后面我要作出说明。

一个全副武装的人和一个赤手空拳的人之间没有互惠可言，指望前者兴高采烈地服从后者是没有道理的。一个没有武装的君主置身于武装的臣仆中间也不可能安之若素，因为臣仆们会对他不屑一顾，而主子将会满腹疑虑，双方不可能戮力同心。所以，身为君主而不谙军务，除了会带来已经谈到的恶果之外，还会导致他既不会得到军队的尊重，也不可能去信赖军队。

因此，明君从不对军事素养问题掉以轻心，而且平时的自律更勤于战时。他会从两个方面去做，一是行动，二是思考。关于行动，除了把臣民适当组织起来并加以良好的训练之外，君主自己应当勤于狩猎，以便身体适应各种艰苦条件，而狩猎的深层目的在于熟悉各种战场的地形地貌，察看山峰谷地如何起伏，平原如何伸展，了解河流沼泽的脾性。对于这些知识，他应当了如指掌，因为它们有两种用处：首先是能充分了解自己的国土，并懂得怎样才能更好地保卫它；其次，凭借对各种战场的知识和见识，能够很容易地了解需要初次了解的其他战场的特性。比如说，托斯卡纳的丘陵、山谷、平原、河流与沼泽，与其他地区的这些方面就有着某些相似之处。因此，凭着对某个地区地势的了解，就能很容易地认识另一地区。君主如果缺乏地理见识，他就缺了身为统帅所应具备的第一项素养，因为这种见识可以告诉他如何发现敌人，如何选择营地，如何部署兵力，如何安排作战，如何利用优势条件围攻目标。

亚该亚人的君主菲洛波门[1]，有一个主要事迹为历史学家所称道：他在和平时期也是专心于战争方略而不顾其他。在乡下的时候，他常和朋友们行而论道："如果敌人出现在那座山包，而我们的军队却在这里，我们占不占地利？怎么才能保持队形攻击敌人？如果我们想撤退，应该如何采取行动？敌人退却时我们又该如何追击？"他和朋友们一起散步，向他们提出一支军队可能遇到的所有问题，倾听他们的意见，也说明自己的看

1 菲洛波门（公元前253—前183），曾率领亚该亚同盟与马其顿的腓力五世作战，也曾战胜过斯巴达，最后被俘处死。普鲁塔克称他为"希腊的最后一人"。

法，并提出理由加以论证。基于这种不懈的筹算，他在统帅军队时就没有什么应付不了的意外情况了。

但是，为了训练自己的头脑，明君还应该研读历史，了解那些杰出人物的生平，看看他们在战争中如何措置，研究他们的胜败之因，以便扬其长而避其短。尤其是，他应当像过去某些杰出人物那样行事，选择某个受到颂扬和尊崇的前人作为榜样，时时揣摩其举动和英勇行为，就像亚历山大大帝效法阿喀琉斯，凯撒效法亚历山大，西庇阿[1]效法居鲁士。读一下色诺芬所描述的居鲁士生平就会看出，西庇阿以居鲁士为楷模，给自己的一生带来多大的荣耀；而且，西庇阿的洁身自好，他的与人为善，他的彬彬有礼和慷慨大度，与色诺芬笔下的居鲁士几乎如出一辙。

一位明君自会不懈实践这些方法，和平时期也决不无所事事，而是努力利用这些时间。这样，他在危难时期就能争取主动，一旦命运有变，他就可以迅速反击。

1 西庇阿（？—公元前211），古罗马军事统帅，曾在西班牙大败汉尼拔。

十五、人们——特别是君主——何以受人毁誉

现在需要研究一番明君对待臣民和朋友的方法与行为了。我知道已有许多人在这个问题上著书立说，现在我又来舞文弄墨，也许会被看做骄矜自大，因为我讨论这个问题的方法与别人大相径庭。

我的目的是给那些能够会心会意之士写点有用的东西，因此必须专注于事实所表明的问题的本相，而不应纠缠于空洞的观念。许多人都对那些从未见过、也不知道是否实际存在过的共和国或君主国迷恋不舍，但是，人们的实际生活是一回事，而应当如何生活则是另一回事。一个人要是一味假设而把现实置诸脑后，那么他学会的将不是如何自存，而是如何自戕；因为，谁要执意在任何环境中都想积德行善，那么他在众多不善之人当中定会一败涂地。所以，为了保住自己的地位，君主必须学会用权而不仁，但要明白何时当仁、何时不仁。

因此，应当撇开那些想象中的为君之道，关注一下真况实情。我认为，所有被评头论足的人——尤其是高高在上的君主——都会因为具有下列品质而载毁载誉。就是说，有人被认

为慷慨，有人被认为吝啬（我用的是托斯卡纳地方的词义，因为在我们的方言中，贪婪还意味着图谋强行掠取财物，而吝啬是指尽可能把自己的东西瞒而不用）；有人被认为乐善好施，有人被认为贪得无厌；有人残酷无情，有人慈悲为怀；有人言而无信，有人心口如一；有人柔弱怯懦，有人果敢强悍；有人平易可亲，有人倨傲不逊；有人淫荡好色，有人坐怀不乱；有人可信可托，有人诡诈多端；有人僵硬，有人宽容；有人庄重，有人轻浮；有人严谨，有人多疑；如此等等。

我想人人都会同意，一个君主要是表现出上列各项堪称优良的品质，当然就最值得称道。但是，没有哪个统治者能够全部具有这些品质，或者完全据以身体力行，因为人不可能做到这一步；他需要谨慎从事的是避免那些让他丧权失位的恶行，而且如果能做到，则应利用某些不致丧权失位的恶行以自保，如果做不到，忽略不计就是了。他也不必因为有些恶行会招来非议而忐忑不安，没有它们，他就很难保住权位。仔细研究一下问题的全貌就会发现，某些状似德行的品质，如果君主身体力行，那就成了他的劫数；某些状似邪恶的品质，如果君主身体力行，反而会带来安全与安宁。

十六、慷慨与吝啬

不妨从上述头一种品质开始谈起。我认为，被人称作慷慨是件好事。不过，一旦因慷慨而闻名，你就会身受其害；因为，即使你明智而恰当地运用那种品质，也不再会赢得认可，甚至无法避免适得其反的骂名。为了在人前保持慷慨的名声，你将不得不任意挥霍，这种君主都将无一例外地因为挥霍无度而耗尽财力；最后，为了继续撑持慷慨的门面，只好额外增加人民负担，以致横征暴敛，不择手段地攫取财富。这将使他遭到臣民的憎恨，而且会像一个日渐穷困的人一样得不到任何人的尊重。由于这种慷慨使受害者众而受益者寡，因此，灾祸临头，他将首当其冲，危难之时则会亡于人先。假如他意识到这一点并试图改弦易辙，又将立刻招来吝啬的骂名。

君主利用慷慨之德行以沽名钓誉，不可能不贻害自身；既然如此，他就应慎思明辨，不要担心落个吝啬之名。假如他能开源节流以使收入丰盈，能防止任何人对他发动战争，能不增加人民负担而建功立业，那么随着时光流转，人们会越来越认识到他的慷慨；最后，他将使无数人领受慷慨之惠而无所取，只对极少数人表现吝啬而无所予。

在当代，我们只看到那些被加以吝啬之名的人创下了丰功伟业，其他的人则无不销声匿迹。教皇尤利乌斯二世虽然利用慷慨之名登上教宗之位，但后来为了战备，就不再为保持这个名声而操心了。当今的法国国王虽征战不已，却并未向他的人民加征什么苛捐杂税，这完全是由于他的吝啬成性使他足以负担庞大的军费。当今的西班牙国王如果享有慷慨之名，就不可能投身完成如此累累业绩。

因此，为了不去掠夺臣民，为了能够保卫自己，为了不致陷于穷困而遭人轻贱，为了不致被迫横征暴敛，明君并不在乎招来吝啬之名，而这正是使他长治久安的恶名之一。

如果有人说："凯撒的慷慨使他得到了最高权力，其他许多人也都因为慷慨或者被誉为慷慨而登极。"我的回答是："假如你已经是君主，或者正在走向君位的途中。第一种情况下，我认为慷慨是有害的；第二种情况下，被认为慷慨就非常必要。凯撒是那些力求获得罗马君权的人物之一，但是，如果他君权在握之后想要统治下去而又不去节制靡费，那就会毁了他的无上权威。"也许会有人反诘："率军征战、成就了伟大事业的许多君主，也同时享有极高的慷慨之名。"请容我作答："君主所耗费的资财，要么是自己的，要么是臣民的，再就是别人的。如果是自己的，明君自会精打细算；如果是臣民的，他就不会有意忽略慷慨的表现。"对于那些率军出国征战，以掳掠、缴获与敲诈维持生存的君主来说，就只能靠染指他人财产而显示慷慨；这时他必须慷慨大方，否则他将得不到士兵的追随。对于既非你的也不是你臣民的财富，你尽可以充当慷慨的大施主，就像居鲁士、凯撒和亚历山大那样，因为你慷他人之慨不但无损于你的慷慨之名，反而会锦上添花。除非你耗尽了自己的财产，否则你不会受到危害。

另外，没有什么东西能像慷慨大方那样速生速灭，因为你在慷慨行事的时候，也正在丧失着慷慨行事的能力；你将陷入穷困而遭人轻贱，或者为免于穷困而贪得无厌以至遭人憎恨。明君需要提防的最大危险就是被人轻贱和憎恨，而慷慨大方所带给你的正是这种危险。因此，贤明之士宁愿承受吝啬之名，它虽招人非议但却不受憎恨；如果非要挥金如土，则会导致巧取豪夺，这样的名声既招非议又受憎恨。

十七、残酷与仁慈：受人爱戴好于被人畏惧，还是相反

现在谈谈前面列举的第二对品质。我想，每一位明君都希望人们说他慈悲为怀而不是残酷无情。然而，他应十分注意不要滥施仁慈。切萨雷·博尔贾被认为残酷无情，但他那有名的残酷却重整了罗马涅，给它带来了统一、和平与忠诚。仔细观察一下就能看出，他比佛罗伦萨人要仁慈得多，后者为了不背残酷之名而坐视皮斯托亚毁于一旦。[1]

所以，只要能够把臣民团结起来，使之同心同德，明君就不必在乎残酷无情这一骂名。他的极少数残酷行为，相对于过分仁慈导致邪气横流，乃至杀人越货之徒蜂起而言，要仁慈得多，因为后者通常是危害整个群体，而来自君主的极刑却只是损及个别人。与所有其他君主不同，新生的君主不可能避免残酷之名，因为新生的统治仍然险象环生，正如维吉尔借狄多之口所说："惟艰惟难，王权甫定，勉力为之，保疆卫土。"[2]

---

1 16世纪初年，皮斯托亚发生派别争斗，佛罗伦萨统治者采取宽纵态度，最后导致大破坏。

2 引自古罗马诗人维吉尔史诗《埃涅阿斯纪》。

不过，他会慎重地甄别人心和采取行动，以免妄自惊慌，并且疑而有度、仁而有节，不致过分信赖别人而疏忽大意，也不致过分猜忌别人而不堪其苦。

这就引起一个争议：受人爱戴比令人畏惧更好，抑或相反？答案是最好两者兼备。不过，由于很难同时做到，因而，如果君主要在两者之间取舍，那么令人畏惧要比受人爱戴更安全。因为，一般来说，人都善于忘恩负义、反复无常、装模作样、虚情假意，避险则唯恐不及，逐利却不甘人后。前面说过，你对他们恩惠有加的时候，他们似乎对你全心全意，并且在远不需要的时候表示愿为你献出自己的鲜血、财产、生命和儿女；一旦你有这种需要了，他们却掉头而去，君主如果缺乏其他准备而完全听信他们的表白，则必亡无疑，原因在于，依靠金钱而不是依靠伟大崇高的精神赢得的友谊，虽然付出了代价，却难以保持，而且关键时刻不能指望。

人们冒犯一个自己爱戴的人要比冒犯一个自己畏惧的人较少顾虑，因为爱戴维系于恩义，而由于人性之恶，人们随时都会为了自身利益而忘恩负义；但是畏惧之心，却会由于害怕必定降临的惩罚而持之有恒。

然而，要想令人畏惧，明君应当这样做：如果不能赢得爱戴，也要避免受到憎恨；因为，令人畏惧而又不受憎恨是可以圆满兼顾的，做到这一点并不难，只要不对公民或臣民的财产妻女打主意就行了。如果需要干掉什么人，应当拿出真正正当的理由和明确的证据。至关重要的是，不要妄动别人的财产，因为，人们对于失去父亲要比失去父亲的遗产忘得更快。此外，侵夺财产从来就不乏理由，以掠夺为生的人可以不断发现霸占别人财物的机会；但与此相反，夺人性命的理由却很少，而且消失得很快。

不过，如果君主置身军中并且指挥着一支大军，那就完全不必顾虑残酷之名了；因为没有这个名声，就无法使军队保持团结并胜任战事，汉尼拔[1]最惊人的成就之一可以说明这一点：他率领一支由无数人等混合组成的大军在外国土地上作战，有背运的时候也有走运的时候，但无论在士兵之间还是官兵之间，居然没有发生过内讧。这并非出于别的什么原因，而是他那出名的残酷无情，加上他的无限能力，使他的士兵始终感到既可敬又可畏。如果不是这样，光靠他的其他能力就不足以产生这样的效果。

然而，对此不加深究的史学家们，在称颂汉尼拔的成就时却又抨击取得这种成就的主要原因。实际上，汉尼拔仅靠其他能力就不足以成事的结论，可以从西庇阿那里得到印证。西庇阿不仅在他那个时代，即使在已知有记载的全部历史中都是一个少见的人物。与他离心离德的军队在西班牙背叛了他，原因不是别的，就是他过于心慈手软。他给予士兵的自由大大超出了军纪的范围，为此，他在元老院受到法比尤斯·马克西姆的抨击，被称作罗马军队的败家子。西庇阿的一名使节蹂躏了洛克里人[2]，但西庇阿既没有给他们雪耻，也没有惩戒那个使节的骄

---

1 汉尼拔（公元前247—前183），迦太基统帅，率大军远征意大利，最后兵败自杀。

2 古代希腊民族，这个民族认为特洛伊战争中的阿亚克斯（Ajax）是他们的民族英雄。

横妄为,这完全是他的宽大为怀而使然。因此,有人就在元老院为他辩护说,许多人懂得如何不犯错误,胜于懂得如何惩戒错误。西庇阿的声望和荣誉使他保住了最高统帅的地位,而他的宽纵脾性也迟早会断送他的声望和荣誉。但由于他是在元老院的监护之下,他的这种有害脾性不仅被掩盖了起来,而且还给他添了光彩。

回到被人畏惧和爱戴的问题上,我认为,人们的爱戴之情是他们自己作出的选择,其畏惧之心则取决于君主的选择;明君应当尽量求诸自身而不是求诸他人。一如前述,唯须努力避免的是受到憎恨。

十八、君主应如何守信

人人都知道，言而有信、开诚布公、不施诡计的君主是多么值得赞美。然而，我们这个时代的经验表明，那些建立了丰功伟业的君主们却极少重诺守信，他们懂得怎样玩弄诡计把人们搞得晕头转向，最后击败那些诚信无欺的对手而成为胜利者。

所以，你必须明白，历来就有两种斗争方法：一是依照法律，二是运用武力。第一种适用于人，第二种则适用于兽。但是，由于前者并不总是堪当其用，君主就必须诉诸后者；因此，他应当熟知兽性和人性的应用之道。古代作者早就在使用寓言手法向君主们传授这种品性，比如阿喀琉斯以及许多其他有名的古代君王，被交给半人半马的怪物喀戎抚养，由它管教成人。这无非是说，既然有这样一个半人半兽之师，君主就必须明白如何兼备人性和兽性；有其一没有其二，就不可能长保其安。

既然君主必须善用兽性，他就应当选择狐狸和狮子作为比照，因为狮子不知防备陷阱，狐狸则无力防备豺狼。因此，君主应当既是一只狐狸以识别陷阱，又是一头狮子以震慑豺狼。

那些只顾张扬狮威的人并不理解这一点。如果遵守诺言反而于己不利，或者原来承诺时的理由已不复存在，一位精明的统治者就决不能——他也不会——去信守那个诺言。假如人人都善良无邪，此言当然不足为训，但由于人性窳劣，如果他们并不对你守信，你就同样无须对他们守信。一位机敏的君主从来不乏正当理由使他的背信弃义显得冠冕堂皇。对此，我可以举出无数近代的实例展示一下，有多少和约由于君主们的翻云覆雨而成为一堆废纸，又有多少诺言由于君主们的奸诈而成为空谈。

那些深知怎样做狐狸的人总是捷足先登，但他必须精通如何掩饰这种兽性，必须是一个伟大的模仿者和伪君子。人们如此容易轻信，如此受制于眼前的需要，以致想要骗人的君主总能找到愿意被骗的人们。

我不想对新近发生的事例之一保持沉默。亚历山大六世除了骗人之外，既无其他作为，亦无其他用心，而且总能找到合适的角色以售其奸。从未有人能比他更加令人难忘地赌咒发誓，也从未有人能比他更加有力地保证说话算话，但是，却从未有人能比他更加随便地食言而肥。不过，他的骗术却总是如愿以偿，因为他对人类的这一面了如指掌。

事实上，君主没有必要具备前面列举的全部品质，但却很有必要显得全部具备。我甚至可以斗胆放言：如果全部具备那些品质并且身体力行，那是有害的；但要显得兼而有之，却是有益的。比如说，你可以显得慈悲为怀、值得信赖、仁至义尽、清白无瑕、心地虔诚——并且还要这样去做，但是你要作好精神准备，一旦不再需要这样做了，你能够做到反其道而行之。

必须明白一点：一位君主，尤其是一位新生的君主，不可能身体力行所谓好人应做的所有事情；为了保住他的地位，往往不得不悖逆诚实、悖逆仁慈、悖逆人道、悖逆信仰。因此,他必须作好精神准备,按照命运指示的方向和事态的变化而随机应变。然而,一如前述,只要可能,他还是应当恪守正道,而一旦必须,他也知道如何为非作歹。

所以,明君应当十分小心,千万不要让那些无视上述五种品质的言论——哪怕是只言片语——脱口而出,要在人们目睹其面、耳闻其言的时候,表现得那么仁慈、那么诚挚、那么正直、那么人道、那么虔诚。相比而言,君主更有必要——在表面上——具备最后这项品质,因为一般人等更多的是用眼睛而不是用双手进行判断;每个人都能看到你,却只有少数人能够摸透你。人人都能看到你表面上如何,但只有少数人能够摸透你实际上如何,而少数人是不敢反对多数人的看法的,因为后者会得到最高权威的支持。

至于人们的行为,尤其是君主们的行为,如果不能把它们提交法院进行指控,那就只有静观其结果了。所以,只要君主成功地征服并统治了他的国家,他所采取的手段就总是被认为恰到好处,以至有口皆碑,因为群氓总是迷惑于皮相或事情的结局,而这个世界恰恰充斥着群氓。当多数人抱成一团的时候,少数人就没有立足之地了。

当代的某个君主——姑且隐其名号——不言其他,只顾喋喋不休地大谈和平与信义,但他的所作所为却是十足的倒行逆施。然而,要是他在其中的任何一个方面身体力行,他的声望或权力可能就会屡屡受挫。

十九、君主应力避受到轻蔑与憎恨

关于前述各项品质，我已经谈到了至关重要的那些方面，现在我想根据下面这一概说，扼要地讨论一下其他品质。前文已在一定程度上阐明了这一点，就是说，凡事只要会招来憎恨与轻蔑，明君都应避而远之。身为君主，能够做到这一点就算尽到了本分，即使还有其他丑闻，也不至于出现什么危险。

我已说过，最使君主招人憎恨的，莫过于贪婪成性和霸占臣民的财产妻女，君主应力戒此弊。对绝大多数人来说，只要财产不被侵夺，体面不受凌辱，他们也就心满意足了。这样一来，君主就可以调动各种手段同极少数人的野心进行斗争，很容易就能制服他们。

君主如果被认为多变、轻率、柔弱、怯懦以及优柔寡断，他就会遭到轻蔑；对此，明君必须着意提防，犹如防备陷阱一样。他应当努力在行动中向人们展示他的伟大、他的气魄、他的威严和他的力量。他就臣民的私人事务所作出的裁断应是不可更改的。他还应当努力培育这样一种评价：谁都不要幻想让他上当受骗或者蒙头转向。

得到这种评价的君主将会深孚众望，而阴谋反对这样的君主就很难得逞。只要他被人民认为功绩卓越并受到他们的崇敬，要想攻击他也很难奏捷。身为君主，肯定会有两个方面的忧虑：一是国内问题，此事与他的臣民有关；二是外部问题，事关外国势力。对于后者，只要他有坚甲利兵和可靠同盟，就可以防备不测，而只要他有了坚甲利兵，就不难找到可靠同盟；并且，除非遭到内部的阴谋颠覆，否则，只要稳定了外部局势，内部就会长保太平。如果君主已经像我说的那样为人处世，即使发生外患，只要他不自馁，他就能击退任何来犯之敌。我已说过，斯巴达的纳比斯就是这样做的。

至于臣民的问题，如果没有外患，君主就应当用心戒备，以防他们图谋不轨。对此，只要君主能够免于憎恨和轻蔑，使人民心满意足——这是他必须做到的，前文已有详论——他就能够确保无虞。

君主对付阴谋的最强有力的手段，就是不要受到民众憎恨，因为阴谋家总是认为，把君主置于死地就能取悦于人民；如果他意识到这样做反而会激怒人民，他就不敢轻举妄动，否则将会大难临头。经验告诉我们，阴谋虽多，但成事者了了，因为阴谋家不可能独来独往，他势必要到他认为心怀不满的人们中间寻找同伙。但是他只要向一个不满分子吐露了自己的意图，他就给了后者一个能够借以得到满足的机会，因为后者显然可以期望从中得到各种好处。如果后者明知道利用这个机会能够有把握获得利益，反之则没有把握并且充满了风险，却又仍然为你保守秘密，那么他确实是你难得的朋友，或者说，是君主的死敌。

简言之，我认为，阴谋分子除了心力交瘁、顾虑重重、焦躁不安和对惩罚的恐惧之外，再无长物，而君主则拥有一国之君的威严，拥有法律，受到朋友和国家的保护；除此之外，如果再有人民的忠心支持，那么任何人都不可能贸然谋反。通常情况下，阴谋分子实施罪行无不提心吊胆，犯罪之后当然也是惶惶不可终日（因为他已成为人民的敌人），因此绝无希望找到脱逃之路。

与此有关的事例可谓不胜枚举，不过我想，仅举一例就足以说明问题，这是留在我们父辈记忆中的故事。麦瑟·安尼巴莱·本蒂沃利奥，博洛尼亚君主，当今的麦瑟·安尼巴莱的祖父，被谋反的坎内斯基杀害，只遗下了年幼的麦瑟·乔万尼。在他被害之后，人民立刻起来赶尽杀绝了坎内斯基家族，因为本蒂沃利奥家族当时享有人民的忠心支持。这种支持是如此有力，以致安尼巴莱死后，虽然留在博洛尼亚的家族中人没有一个能够统治这个城邦，但当博洛尼亚人听说在佛罗伦萨有一个本蒂沃利奥的血亲，过去一直被认为是铁匠的儿子后，居然到佛罗伦萨把他找了回来，把城邦的统治权交给了他，直到麦瑟·乔万尼长大能够亲政为止。

因此，我的结论是，只要为民心所向，君主就不必担心什么阴谋；一旦人民对他满眼敌意、满腹憎恨，则事事人人都会让他胆战心惊。管理有方的国家和英明的君主，无不十分注意不把有钱人逼上绝路，同时也使人民心满意足。这对君主来说至关重要。

在我们的时代，组织得最完善、统治得最合理的王国就是法兰西,那里有着数不胜数的良好制度,国王的自由与安全便有赖于此。这些制度中,首要的就是议会及其权力。王国的创立者了解那些权贵们的野心和傲慢,认为必须给他们的嘴巴套上嚼子加以约束;同时,他也知道民众对有钱人又怕又恨。他的打算是让这两个阶层相安无事,但不能让这成为国王的专门职责,以免由于袒护人民而遭到有钱人的怨恨,或者由于袒护有钱人而招来人民的怨恨。因此他设立了一个作为第三者的裁判机构,它可以制裁有钱人,也可以袒护草民,而不致由国王来承担骂名。对于国王和王国来说,再也没有比这更优良、更审慎的规则,也没有比这更安全的方法了。

由此,我们还得到另一个值得注意的启示:明君应当把招致怨恨的事务交给别人处置,能够令人感恩戴德的事务则亲自料理。我还认为,精明的君主既要尊重有钱人,也要不使人民产生怨恨。

看一下罗马皇帝们的生生死死,许多人大概就会认为,他们是一些同我的信条截然相反的事例,因为有些皇帝终生卓尔不凡,显示了伟大的精神品质;然而,他们不是丢了权位就是死于谋反的臣民之手。

为了回答这类异议,我想剖析一下某些皇帝的品质以揭示他们灭亡的原因,而这些原因和我已经提到的原因并无不同;同时,我将谈到一些了解那个时代所应当注意的事情。我想,列举从哲学家马可到马克西米诺斯期间相继在位的皇帝就足够了,他们包括马可、他的儿子康茂德、珀蒂纳克斯、朱利安、塞维鲁及其儿子卡拉卡利亚、马克里诺斯、埃略加瓦洛、亚历山大,以及马克西米诺斯。[1]

首先应当看到，在其他君主国，统治者所要对付的只是有钱人的野心和人民的傲慢，而罗马皇帝还有第三个难题：应付军队的残忍和贪婪。这是个致命的难题，它导致了诸多皇帝的灭亡，因为他们不可能使军队和人民同时得到满足。人民渴望安宁，因而热爱谦和的君主；军队则喜欢尚武横霸、残忍贪婪的君主，希望他把这些品质用之于民；这样，军队便能得到加倍的酬饷和贪欲的发泄渠道。

由此产生的结果是，那些生来未能继承伟大声望或者自己没能赢得伟大声望的皇帝们，就没有本钱去约束双方，因而总是死路一条。他们中的绝大多数，尤其是骤然登基的人，面对这种势不两立的局面，总是尽力讨好军队，不大在乎残害人民。这样做也是势在必然，因为君主不可能不被某些人憎恨，他应当首先设法避免任何人多势众的群体对他产生憎恨；如果做不到，那就应当竭尽全力避免受到最强大的群体的憎恨。所以，作为新上台的皇帝，由于需要得到非同寻常的支持，就总是迎合军队而不是依靠人民。这种做法对君主是否有利，就要看他如何保持在军队中的声望了。

马可、珀蒂纳克斯和亚历山大，无不为人谦和，热爱正义，厌

1 马可（121—180），古罗马皇帝，160—180 年在位；斯多葛学派的著名哲学家，著有《沉思录》传世。康茂德，180—190 年在位。珀蒂纳克斯，193 年在位 87 天即死于叛军之手。朱利安，继珀蒂纳克斯之后在位仅 66 天被杀。塞维鲁，193—211 年在位。卡拉卡利亚，211—217 年在位。马克里诺斯，217 年谋杀卡拉卡利亚后继任皇帝，次年被杀。埃略加瓦洛，218—222 年在位，18 岁时被杀。亚历山大，222—235 年在位，死于军事暴动。马克西米诺斯，235—238 年在位。

恶残暴，仁爱而善良；但由于上述种种原因，除了马可之外，全都不得善终。马可是唯一一个生前死后都享尽荣耀的人，因为他以世袭权利继承帝位，不必为此而向军队或人民表示感激之情。后来，由于他的许多美德赢得了人们的敬重，所以他能自始至终让这两个阶层各安本分，从未受到憎恨或轻蔑。

但是，珀蒂纳克斯被立为皇帝却是违背军队意愿的，他们在康茂德统治时期过惯了肆行无忌的日子，现在珀蒂纳克斯希望他们改邪归正，让他们规规矩矩地生活，他们受不了，因而产生了怨恨；加之珀蒂纳克斯垂垂老矣，憎恨之外又受到了轻蔑，以致刚刚抓住权柄就遭到覆灭。

由此可知，善行也能像恶行一样招来憎恨。因此，一个希望保住地位的君主，往往要被迫不去为善。原因在于，当你所认定的能够给你支持的群体——无论是民众、军队还是有钱人——腐败堕落的时候，为了讨他们的欢心，你就不得不顺从他们的欲望；在这种情况下，善行将会招来恶报。

我们来看一下亚历山大的情形。他的心地十分善良，有一件事使他得到了极高的赞誉：他在位十四年间，没有一个人未经审判而被他处死。然而，由于他被人们视为柔弱无力，听任母亲的支配，因而遭到轻蔑；最后，军队谋反并杀害了他。

现在谈谈另一面，即康茂德、塞维鲁、卡拉卡利亚的品质，你会发现他们全都残忍无道、贪婪成性，为了使军队得到满足而不惜一切地残害人民。除了塞维鲁之外，他们全都落得了悲惨的下场。塞维鲁具备足够的能力使军队成为他始终不渝的朋友，尽管他压迫人民，但却成功地维持了统治。在军队和人民心目中，他那些伟大的品质实在非凡卓著，以致人民似乎一直对他望而生畏、茫然无措，而军队则对他恭恭敬敬、心满意足。

作为一个新君主，这个人的行动非常杰出。我想简要说明一下他是多么善于扮演狐狸和狮子这两种角色，一如前述，这两种角色是君主必须效法的。

塞维鲁认识到，朱利安皇帝已经毫无用处，便说服自己所统率的伊利里亚驻军，使他们相信到罗马去为珀蒂纳克斯复仇是正当的——珀蒂纳克斯已被禁卫军杀害。他打着这个幌子率军向罗马挺进，并未流露出篡夺帝国的野心。当人们知道他出发的消息时，他已到了意大利。抵达罗马之后，元老院害怕了，把他选为皇帝，朱利安被杀。

有了这个开端，他统治整个帝国还有两个障碍：一个在亚洲，担任亚洲驻军统帅的佩森尼奥·尼格罗已在那里自行称帝；另一个在西方，正在那里执政的阿尔比诺也在觊觎帝国。塞维鲁知道，公开与他们同时为敌是危险的，于是决定攻击尼格罗，哄骗阿尔比诺。他给后者写信说，他已被元老院选为皇帝，愿意和阿尔比诺分享这一殊荣；经元老院批准，特向阿尔比诺授予凯撒称号，封为同袍。对此，阿尔比诺信以为真。塞维鲁击杀了尼格罗，稳定了东方的局势之后，回到罗马就向元老院提出指控说：阿尔比诺对他以怨报德，企图杀害他；为此，他将不得不惩罚阿尔比诺的忘恩负义。然后，塞维鲁攻击了驻在高卢的阿尔比诺，一并剥夺了他的权位和性命。

细看一下塞维鲁的行为就会发现，他既是一头十分凶猛的狮子，又是一只极为狡猾的狐狸；他得到了每个人的敬畏，却没有被军队所憎恨。我们也不必惊讶像他这样一个暴发户竟能统治如此巨大的一个帝国，因为他所享有的崇高声望，总是能够抵消他对人民的掠夺行为所招致的憎恨情绪。

他的儿子卡拉卡利亚也是一个具有最高贵品质的人。他在人民眼中可敬可佩，他使军队喜气洋洋。此人骁勇强悍，完全耐得住任何艰难困苦；他鄙薄一切珍馐美味和奢侈品，这使他赢得了全体军人的爱戴。然而，他的凶暴残忍却是那么肆无忌惮、闻所未闻。他杀人无数，后来竟屠杀了罗马的大部分居民和亚历山大的全部居民——这使他成了全世界最可恨的人，甚至伴随他左右的人也为之惊恐不安。终于，他被军中的一个百人队队长得而诛之。

由此事可以看出，像这种蓄意制造的谋杀，君主很难避免，因为只要不怕死，谁都可以加害于他。但君主不必过于担心，这种事情非常罕见，只要不去严重伤害侍从和在他左右为国效力的人就行。而卡拉卡利亚就未能做到这一点，他百般凌辱了那个百人队长的弟弟之后又杀了他，并且日复一日地恐吓那个队长本人，却又让他继续担任禁卫。事实说明，这真是一种愚鲁而致命的做法。

再来看看康茂德的情形。他作为马可之子而享有世袭权。本来他只需踏着乃父的足迹往前走，并且使军队和人民相安无虞，就能从从容容地保有这个帝国。然而，他秉性残忍横暴，为了鱼肉人民，他对军队恩宠有加，纵容他们无法无天。同时，他还不顾应有的尊严，常常跑到剧场同角斗士竞技，并且留下了其他一些卑行劣迹，实在不配为帝国至尊，因而在军队眼中变得一钱不值。由于他既受憎恨又被轻蔑,终于遭到阴谋反对而毙命。

现在就要看到的是马克西米诺斯的品质。此人好战成性。前面说过,军队反感亚历山大的柔弱无力而杀了他,然后把马克西米诺斯推为皇帝。他的好景不太长,因为有两件事使他既受憎恨又被轻蔑:一是出身微贱,曾在色雷斯牧羊(此事尽人皆知,使他在每个人心目中都丧尽了尊严);另一件事是他即位之初并不急于到罗马占据皇帝的宝座,而是操纵罗马及各地的行政长官干下了诸多暴行,这使他以残暴过人而闻名。结果是,全世界都对他的卑贱出身不屑一顾,并且由于害怕他的残暴而生出了憎恨之情。于是,非洲率先造反了,然后是元老院带领全体罗马人民、最后是全意大利合谋反对他,甚至他的军队也参加了进来。他们在围攻阿奎莱亚时由于久攻不克而遭到他的虐待,但他们已经看出他树敌太多,因而不再对他心怀恐惧,最后杀死了他。

至于埃略加瓦洛、马克里诺斯及朱利安,我不想再说什么了。他们遭到了普遍的蔑视,很快就被置于死地,但是最后我想说:我认为,从某种程度上说,我们时代的君主要想遏制军队漫无边际的欲望,不像过去那么困难。虽然也要担心军队的不满,但却能够迅速解决这一问题,因为,现代君主并不像罗马皇帝那样拥有与政府和地方行政当局共生共存的常备军队。如果说,那时的统治者必须让军队比人民得到更大的满足,是因为军队比人民更有力量,那么,现代的所有君主——土耳其皇帝和苏丹除外——则必须让人民比军队得到更大的满足,因为如今是人民更有力量了。

我之所以把土耳其皇帝排除在外，盖因他始终维持着一万二千名步兵和一万五千名骑兵；他的王国的安全和实力就是依靠他们，因而必须和军队保持良好关系，其他所有问题均在其次。同样，苏丹的王国也是把握在军队的股掌之中，他也必须和军队友好相处而对人民满不在乎。

应当注意到，苏丹的统治不同于所有其他的君主国；它类似于教皇国，既不能称作世袭君主国，也不是什么新生的君主国。旧君的后裔并不是旧君的继位者，不能靠继承而统治；新君则是由法定的选举人选举产生。这种制度由来已久，没有新生君主国所面临的那些麻烦；虽然君主本人是新人，但国家的制度是悠久的，因而能像对待世袭君主那样接受他的统治。

回到眼下的主题上，我认为，只要关注一下以上讨论的内容就会看出，是憎恨或者轻蔑导致了前述皇帝们的灭亡；而且，如果把他们有些人划为一类，有些人划为相反的一类，你就会明白，为什么在各类的作为中，只有一个皇帝善始善终，其余的都不得好死。对于珀蒂纳克斯和亚历山大来说，身为新君而试图仿效以继承权得到统治地位的马可，不但徒劳无益而且深受其害。同样，卡拉卡利亚、康茂德及马克西米诺斯模仿塞维鲁，则是危乎殆哉，因为他们没有足够的能力步其后尘。

因此，新生君主国的新生君主，既没有可能仿效马可的作为，也没有必要照搬塞维鲁的行径；但他应当多少使用一些塞维鲁的手段，这对于建立统治是必要的；同时，也应多少借鉴一下马可的方法，这对于长治久安是有利的，也是增光添彩的。

二十、堡垒以及君主采取的种种日常对策之利弊

有些君主为了牢固地统治国家而解除了臣民的武装，另一些君主则是将各个城邦分而治之；有些君主四面树敌，另一些君主则努力争取最初担心其统治的人们的支持；有些君主大建堡垒，另一些君主则毁弃堡垒。至于君主应当采取哪些措施为宜，如果不去了解有关国家的具体情况，要想作出最终判断是不可能的。不过，我想就现有的材料一般性地谈一谈。

从来没有哪个新生的君主会解除臣民的武装。相反，当看到他们赤手空拳的时候，总是把他们武装起来；而一旦把他们武装起来，他们也就成了你的武装。这样一来，过去让你担心的人会变得忠诚起来，原来就忠诚的则会忠诚不渝；他们将不再是你的臣民，而是你的坚定支持者。当然，你不可能把全体臣民都武装起来，如果让那些武装起来的臣民感受到你的偏爱，你就可以有把握地对付其他人，因为前者会感激这种差别待遇而为你尽心尽力；后者则会谅解你，因为他们会认识到，那些冒着更大危险、承担更大责任的人们，理应获得更多的酬报。

然而，一旦你解除了他们的武装，则立刻就会触怒他们；因

为，这表明你认为他们胆怯或不忠而不再信任他们，而这两种看法都将招致对你的憎恨。况且你不能没有武装，否则便只能求诸雇佣军，而他们的性质已如前述；即使他们靠得住，也不可能有足够的力量保护你免于强大的敌人和险恶的臣民的威胁。因此，正如我说过的，新生君主国的新生君主始终会致力于整军经武，这种事例在历史上比比皆是。

君主得到一个新国家，宛如旧体接上新肢，必须解除这个国家的武装。但在你征服它时已经是你党羽的人除外，即使对他们，也要在适当时候把他们调理得柔弱无力；同时，必须妥善安排，使这个国家的全部武器统统掌握在紧紧跟随你的故国军队的手中。

那些被叫做贤哲的前人们有个习惯说法：统治皮斯托亚靠党争，统治比萨靠堡垒。出于这种考虑，他们在一些城邦中不停地制造事端以便更容易统治。在意大利处于相对稳定状态的时候，这种办法倒不失为一个良策；但我不相信它在今天仍能被当成什么好主意，因为我不相信分裂有什么好处。恰恰相反，一旦兵临城下，那种内部分裂的城邦总是立刻灭亡，因为较弱的一派总是投靠外国军队，其余的便无力抵抗了。

我认为，正是出于上述那种考虑，威尼斯人在臣属的诸城邦培植了格尔夫和吉贝林[1]两派势力；虽然没有让它们的对立发展为流血的对抗，但却在公民中间造成了如此深刻的歧见，以致相

1 中世纪意大利两个敌对政治派别的名称。格尔夫派同情教廷，吉贝林派同情神圣罗马帝国，两派的对立造成意大利各城邦间的长期斗争。到 14 世纪，两派的重要性迅速下降，仅指地方的派系。

互之间没完没了地争来吵去，不可能团结起来反对威尼斯。然而，我们已经看到，这样做的结果并没有使威尼斯人得到好处。在维拉战败之后，这些城邦中的一些人立刻鼓起勇气，把他们的全部领土从威尼斯手中夺了回来。

所以，采取这种措施表明了君主的统治力不从心，因为一个强有力的君主国决不会纵容这样的分裂；它只在和平时期有利于比较从容地管制臣民，而在战争时期就显得荒诞不经了。

毫无疑问，君主克服了迎面而来的障碍和反抗，就会变得强而有力。因此，尤其当命运要使一位新君主——他比世袭君主更加需要博取盛名——日益强大的时候，就给他制造一些敌人并促使他们反对他，以便能够有机会战胜他们。这等于是踩着敌人给他的梯子步步高升。因此，许多人认为，明君只要抓住机会，就应当巧妙树敌并将其打倒在地，从而使自己的权势更为巨大。

君主们——尤其是新生的君主们——往往会发现，他们在开始统治时所认为的危险人物，会比最初受到信任的人更为忠诚、更有帮助。锡耶纳君主潘多尔福·彼得鲁奇[1]的统治，就是更多地得助于曾让他担惊受怕的人，而不是其他人。但在这个问题上不能一概而论，需要因地制宜。我要说的只是，有些人虽然最初可能是敌人，但他们如果需要得到君主的支持以保住地位，那么新统治者就能够轻而易举地把他们争取过来；而他们

1 潘多尔福·彼得鲁奇（1452？—1512），意大利商人兼政治家，1487年后成为锡耶纳的真正霸主，卷入法国和西班牙在意大利半岛的政治斗争，纵横捭阖，影响甚著。

也会明白，必须用自己的行动来消除君主对他们的有害判断，因此不得不尽忠侍奉。于是，君主从他们那里得到的益处往往多于其他人，而后者抱着太多的安全感侍奉君主，往往会对君主的事情漫不经心。

此外，由于事关紧要，我不能不提醒那些由于得到内应而征服了一个新国家的君主，应当仔细考虑一下是什么原因促使那些帮助他的人充当内应。如果这不是出于对君主的自然爱戴，而只是由于对前政府不满，那么，新君主要想和他们保持友谊将会劳累不堪，并且十分困难，因为要使他们心满意足是不可能的。以古代和近代的实例为鉴，用心思考一下之所以如此的原因，君主就能明白：对前政府感到满意而成为他的敌人的人，要比那些对前政府不满而成为他的同盟并且帮助他击败了前政府的人，更容易成为他的朋友。

为了更牢固地统治自己的国家，君主们习惯于构筑堡垒，把它作为嚼子和缰绳，用以对付那些企图反抗的臣民，同时也用作防备突然袭击的避难所。我很赞成这个办法，因为它已沿用了若干世纪。然而，事到如今，麦瑟·尼科洛·维泰利为了统治卡斯泰洛城，却拆除了这个城邦的两个堡垒。乌尔比诺公爵圭多·乌巴尔多[1]返回他的领地——切萨雷·博尔贾曾经把他从那里赶了出去——之后，拆毁了环绕那一地区的全部堡垒；他认为，没有它们就不太可能再度丧失他的公国。本蒂沃利奥收复博洛尼亚之后也采取了同样的措施。

---

1 1502年成为锡耶纳统治者，1503年被逐，后得法国支持而复位。

显然，堡垒是否有用要看时势如何，某种情况下对你有利，另一种情况下就可能有害。现在可以这样作出结论：明君如果害怕人民更甚于害怕外国人，他就会构筑堡垒；如果害怕外国人更甚于人民，则会拒绝堡垒。弗朗切斯科·斯福尔扎兴建的米兰城堡，已经并将继续带给斯福尔扎家族的危害，更甚于那个国家的任何其他不良举措。总之，最牢不可破的堡垒就是你的臣民不恨你。即使你拥有了堡垒，如果人民对你恨恨不已，堡垒就保护不了你，因为一旦人民拿起武器，那就绝不缺乏外国人的援助。

在我们这个时代，没有哪个统治者还能得益于堡垒。只有弗利伯爵夫人在她丈夫吉罗拉莫伯爵被杀之后的情况例外，她的城堡使她逃脱了平民的攻击，借以等待来自米兰的救援，最后重获权位。原因在于，当时当地，她的臣民未能得到外国人的帮助。但是后来，当切萨雷·博尔贾向她发动进攻、怀有敌意的人民同外国人联手作乱的时候，她就发现她的堡垒不堪其用了。所以说，假如当时或者再早一些，她没有遭到人民憎恨，那就比拥有堡垒安全得多。

有鉴于上述种种，我要称赞那些兴建堡垒的君主，也要称赞不建堡垒的君主，但我要谴责那些依赖堡垒而视人民的憎恨无足轻重的君主。

二十一、君主应如何作为以赢得崇敬

能使君主赢得高度评价的莫过于伟大事业和非凡举动。我们这个时代就有一个范例：阿拉贡的斐迪南，即当今的西班牙国王。他几乎可以被看做新生的君主，因为他以自己的声望和荣耀，从一个微不足道的统治者一跃而为基督教世界首屈一指的国王。看看他的行迹就会发现，那都是些出类拔萃、有些还是高不可攀的作为。

他在即位之初就攻击了格拉纳达，这项事业奠定了他的权力基础。首先，他全力以赴，不畏艰难，使桀骜不驯的卡斯蒂利亚贵族们专注于入侵格拉纳达，让他们一心作战而顾不上反叛；就在贵族们不知不觉之间，他获得了崇高的声誉并制服了他们。来自教廷和人民的资金使他得以供养军队，并在长期战争中为他的军事组织奠定了基础，由此给他带来了荣誉。另外，为了实现更加宏伟的目标，他不断利用宗教口实采取横暴行动，对马拉诺[1]穷追不舍，直到把他们全部赶出了王国。在人们的记忆中，没有比这更可鄙、更不寻常的行径了。他披着同样的宗教

1 西班牙历史名词，特指为了逃避迫害而改信基督教，但私下仍奉行犹太教仪式的犹太人。

外衣入侵了非洲,然后着手征讨意大利,不久前又进攻法国。他总是这样,干完一件大事便又筹划另一件大事,让臣民应接不暇、不知所终,每当看到结果则又目瞪口呆。这些行动一个接着一个,此一行动和下一行动之间不留一点空隙,人民没有任何喘息的机会能被利用来反对他。

在处理内部事务方面突出展示自己的能力,对君主也是极有帮助的,就像传说中米兰的麦瑟·贝尔纳博的作为一样。因此,只要有人在城邦生活中显出什么不同寻常的表现——无论是好是坏——君主就应抓住这个机会给那人以奖赏或者惩罚,这肯定会吸引人们大发议论。尤为重要的是,君主应当努力用自己的行动博取才智超群的强者之名。

另外,当君主是真正的朋友或真正的敌人时,就是说,当他毫无保留地成为某个君主的盟友而反对另一个君主时,他也会受到尊重。采取这种方法往往比保持中立更有好处,因为,一旦你的两个邻国兵戎相见,就会出现两种情况:要么它们都很强大,无论哪一方获胜,你肯定将对那个胜利者感到忧心忡忡;要么它们都不算强大。不管是哪种情况,你如果公开地真正参战,总是利莫大焉。在头一种情况下,如果你不公开参战,你就会成为胜利者的牺牲品。对此,战败者也将感到高兴和满足,而且你还提不出应当得到别人庇护的理由,也没有人会向你提供庇护,因为胜利者不需要这种不可信赖、逆境时不肯伸一把援手的盟友;失败者更不会给予你庇护,因为你过去不愿拿起武器和他共命运。

安条克曾经应埃托利亚人之请进入希腊以驱逐罗马人,他派遣使节到罗马人的朋友亚该亚人那里，鼓动他们保持中立；同时，罗马人则力劝亚该亚人为他们拿起武器。此事被提交亚该亚会议讨论，安条克的使者在那里怂恿他们保持中立，罗马的使者针锋相对：“这些人喋喋不休，让你们不要参战，这同你们的利益不啻云泥；如果没有友谊，没有尊严，你们将成为胜利者的战利品。”

不是你朋友的人，总是要求你保持中立；是你的朋友，则会要求你拿起武器公开亮相。然而，优柔寡断的君主为了避免当前的危险，却总是因循中立，因而总是死路一条。如果君主挺身而出，充当一方的有力支持者，你们的同盟获胜之后，尽管胜利者有权有势，你要听从他的支配，但他却对你负有义务，并将更加爱护你，而且人们也绝不会不知羞耻地硬把一个忠实的追随者当作忘恩负义之徒而加以摧残。况且，从来就没有如此纯粹的胜利，以致能够允许胜利者完全无视良心，特别是无视正义。即使你所支持的统治者失败了，你也会得到他的庇护；只要有能力，他还会帮助你；如果他有幸东山再起，你就是命运的助手。

在第二种情况下，亦即交战双方都很弱，无论谁占上风你都无须害怕时，你应当更加慎重考虑支持哪一方；因为你是在利用一方的帮助去打倒另一方，如果前者明智的话，他有可能会保护后者。如果他获胜，他将处于你的支配之下；而有了你的帮助，他当然会成为赢家。

由此可知，明君应该认识到，决不要为了进攻别人而成为一个比自己更强大的君主的盟友，除非迫不得已。前面已经说过，即使你获胜,你也会成为强国的囚徒,明君应当尽其所能避免被操于他人之手。威尼斯人与法国结盟对付米兰公爵,结果自取灭亡,而本来他们是可以避免这种同盟的。如果君主不可能避免结盟,就像教皇和西班牙出兵进攻伦巴第时的佛罗伦萨人一样,那就应当按照上述准则行事。

无论怎样进行统治,决不要相信它能万无一失;相反,应当设想它只是一条吉凶未卜之途,因为事物有它的一定之规:我们在尽力逃避一种危害的时候却往往陷入另一种危害。善断之谋在于能够认识到各种危害孰轻孰重,取其最轻者即为上策。

明君还应礼遇才俊,褒扬任何技艺超群之士,以表明自己爱好艺术与科学。此外,应当使公民得到鼓励,让他们确信在商业、农业及其他方方面面能够安心从业,不致因为害怕被剥夺而不愿增殖财富,也不致因为害怕苛捐杂税而不愿开办产业。进而言之,君主应当随时奖掖那些致力于实业的人,以及想方设法以更充足的资源来发展城邦和供奉君主的人。

另外,应在每年的适当时间召集人民举行庆典,观赏演出。由于每个城邦都有各种行会或集团,君主应当承认这些群体,不时地和他们会会面,以身作则,显示你的平易近人和雍容大度——但一定要始终保持居高临下的尊严,这在任何时候都是不可忽略的。

二十二、君主的近臣

对君主来说，选任大臣甚为紧要，他们是否贤能可以说明君主是否英明。人们对统治者的头脑进行评价时，第一件事便是观察他的左右；如果这些人胜任其职并且忠心耿耿，君主即堪称明达，因为这说明他认识到了这些人的能力并使其忠诚不贰。如果不是这样，君主往往就会受到贬损之议，因为他所物色的这些谋臣表明，他已犯下了第一个错误。

知道锡耶纳君主潘多尔夫·彼得鲁奇的大臣，韦纳夫罗的麦瑟·安东尼奥的人，无不认为潘多尔夫才智超群，就是因为他把麦瑟·安东尼奥用为大臣。人的头脑有三种类型：一类是无师自通，另一类则需要别人点拨，第三类既不能自通，别人也点拨不通。第一类自是出类拔萃，第二类也堪称优良，第三类则毫无用处。因此，确凿无疑的是，潘多尔夫的头脑即使不是出类拔萃，也是堪称优良，因为任何君主都能判定一个人的言行之优劣。就算君主没有自己的创见，他也能够鉴别大臣的行为之贤窳，从而奖励贤能，惩戒窳劣；这样，大臣就不可能心存欺君之念，唯是贤能。

那么，君主怎样才能识别大臣呢？有一个办法可谓屡试不爽：如果你发觉大臣为己谋甚于为君谋，并且凡事都要从中谋求自身的利益，那么这种人绝非良臣，你也绝不能信赖他；因为你的存亡都操在他的手里，他本该只为君谋而不为己谋，并且决不应该让君主操心同君主毫不相干的事情。但另一方面，为了使大臣长保贤能，明君应当始终给予关怀，给他荣华富贵，使他感恩戴德，让他分享荣誉、分担职责。这样他就会明白，要不是蒙君主恩典，他不可能有此殊荣；而且他的荣华已使他无须再思荣华，他的富贵也使他无须再求富贵，他的职责更使他唯恐有变。就大臣而论，如果他能和君主建立这样的关系，他们就会坦诚相见，否则彼此都将身受其害。

二十三、君主应摈弃谄媚之徒

我不想忽略一个重要问题，对此，如果君主不加小心或者不能择善而从，他将难免铸成大错。这就是来自阿谀之徒的危险，而这种人在朝中比比皆是。人们对自己和自己的所作所为极易自满自足，也很善于自欺，从而很难戒备这种阿谀之灾；一旦君主想要加以戒备，反而会招来被人轻蔑的危险。

除非人们知道不会因为实话实说而获罪，否则没有其他办法能够防止人们的阿谀逢迎；可是，一旦人人都能对你实话实说，你得到的尊敬就会越来越少。所以，一位精明的君主会采取第三种办法：选用一些有识之士，单独给予他们对他实话实说的自由权，不过只限于他所要求知道的事情而不论其他。但是，他应当事事过问并听取他们的意见，然后，在他们的建议基础上，按照自己的意志作出决定；而且，他的为人应当使每个谏议之士都认识到，谁更加坦率直言，谁就更受赏识。除了这些谏议之士，君主对他人的言论可以充耳不闻。决定了的事情就要照办，君主的决定应当是不可改变的。假如不是这样去做，他将要么毁于谄言佞口，要么毁于胸无定见，结果是为人所不屑。

关于这个问题，我想提请注意一个当代的实例。当今皇帝马克西米利安[1]的心腹卢克神父在谈及陛下时曾说，他从不向任何人提出咨询，却从未按照自己的意愿行事。这是他与上述方法背道而驰的结果，因为皇帝一向遮遮掩掩，既不对人吐露自己的打算，也不征询别人的意见，直到付诸行动之后才为人所知。而一旦遭到左右的反对，却又轻易改弦更张，所以常常是朝令夕改，谁也不知道他究竟想些什么、打算干些什么。他的决定根本就靠不住。

因此，明君总是勤于求谏，不过应当是在他本人愿意而不是别人愿意的时候。另外，对于无须求谏之事，要让每个人都没有胆量多嘴多舌。然而，他应当宽容大度，对所询之事要耐心倾听真话；如果察知有人未能据实禀告，不管出于什么原因，都应勃然大怒。

许多人都认为，某些赢得精明之誉的君主，其所以如此，并非得自他们本人的天赋，而是由于良臣侍于左右。我要说，毫无疑问，此言谬矣。这里有一个颠扑不破的通则：君主本身不明，就不可能获得良谏；除非他确实运气好，把自己托付给某个极为足智多谋的人，从而完全言听计从。在这种情况下，倒是真能得到锦囊妙计，但是好景不会太长，因为那个君师用不了多长时间就能篡夺他的权位。而且，如果君主不明，当他听取不止一人的谏议时，就决不会听到一致的意见，他本人也不会懂得如何使它们保持一致。结果，谋士们各怀心思，君主却无力驾驭或不知

1 指马克西米利安一世（1459—1519），德意志国王（1486—1519 年在位），1508 年被教皇尤利乌斯二世授予神圣罗马帝国皇帝称号。

所从。除非驱使谋士们必须为贤为能，否则他们终将会流于窳劣，余此无它。

因此可以断定，不论来自何人的良谏，必定源于君主的明达，而不是君主的明达源于什么人的良谏。

二十四、意大利的君主们何以丧国

前述各端若能用心体察，新君也能宛如旧君，其权位很快就会比世袭权位更加安全、更加稳固。新生君主的行动会比世袭君主受到更加密切的关注。如果这些行动展示了力量和贤明，他就能比世袭家族更有力地抓住人心，能把他们更紧密地拢在他的周围，因为当前的事情总是比过去的事情对人们的影响更大。如果在当前的条件下能够蒸蒸日上，他们就会心满意足而别无他求。事实上，如果新君主没有其他的失策之处，人们将会竭尽全力保卫他。由于他开创了一个新君主国，并且以良好的法律、良好的军队、良好的榜样使它繁荣强盛，他将获得加倍的荣耀。相反，一位世袭君主由于缺乏智慧而丧国，则会蒙受加倍的耻辱。

如果看一下我们这个时代那些丧权丢位的意大利统治者，比如那不勒斯国王、米兰公爵等等，我们就会发现，根据前面已经讨论过的道理，他们首先是在军队问题上犯了一个共同的错误。其次，我们看到，他们当中的某些人，要么是遭到了人民的敌视，要么是尽管得到了人民的赞助却又未能避免有钱人的反对。如果没有这些败笔，只要有足够的力量维持一支能够驰骋疆场的军队，君主就不至于亡国。

马其顿的腓力——不是亚历山大之父，是被提图斯·昆提尤斯打败的那个人[1]——的力量并不足以抗衡向他进攻的罗马人和希腊人这两个庞然大物。但他是个勇士，而且他知道如何与人民和睦相处、如何防止有钱人为患，因而能够多年坚持抗击入侵者；尽管丢了几个城邦，却保住了他的王国。

因此，我们那些享国多年而最终亡了国的君主，不应去抱怨命运，而应抱怨自己的庸碌无能。他们在顺境时从不考虑可能发生的变化（风和日丽时就忘了可能还有暴风骤雨，此乃人之通病），一旦身陷逆境便只顾奔逃而不思自卫，却又盼望征服者淫威下的人民有朝一日请他们回来复辟。

如果别无他途，这个主意倒也不错，但要放弃努力而坐待其成，那可就糟透了。你绝不应当因为相信总会有人帮你复辟而甘于失败，那种情况要么不会出现，要么即使出现也不会给你带来安全，因为这是懦夫的招数，而不是自力更生的谋略。只有立足于自信、自立，才是可靠的、确凿的、持久的。

1 指腓力五世。

二十五、人事中的命数以及如何对抗命运

我很清楚，许多人一向都认为，而且现在仍然认为，命运和上帝支配着人类事务，人的智力则不敷应用——是的，人们没有太多的办法对付世界的变化。持有这种信念的人断定，无须在人事上操心费力，但由命运拨弄便是。这种信念在我们这个时代显得尤为可信，因为，我们过去已经看到的以及现在仍然常见的沧桑巨变，都远远超出了所有人的意料。考虑到这些变迁，我自己也不时地在一定程度上对这种信念肃然起敬，然而，为了不致抹杀我们的自由意志，我认为实际情况是这样的：命运主宰了我们一半的行动，另一半——或者不太到一半——则留给我们自己做主。

我把命运比作我们那些毁灭性的河流之一，当它发怒的时候，便能化平原为泽国，使树倒屋塌，使沃土流失；洪水袭来则人人奔逃，无不任其肆虐，毫无还手之力。然而，我们不能因此就断定，天清气朗的时候人们不能筑堤开渠加以防备；一俟再有水至，可使顺渠而泄，不致怒不可遏而泛滥成灾。命运之行迹如出一辙。在我们尚无抵抗的准备时，她就会炫耀自己的实力

和智慧；她知道哪里没有堤坝沟渠的束缚，可以任她肆意横行。

面对意大利——既是沧桑巨变的舞台，又是沧桑巨变的动力——你就会发现，她是一片既无沟渠也无堤坝的旷野。如果她有日耳曼、西班牙和法兰西那样充足的实力和智慧筑堤防护，那么洪水就不会造成现在这样的巨变，或者不会那么突如其来。我想，如果需要一般地谈谈与命运抗衡的问题，这些就足够了。

现在作一点具体的分析。我认为，我已经谈到的那些今天还坐享安乐、明天却落荒而逃的君主，其禀性或习性并无变化。我相信，其所以如此，首先在于前面已有详论的那些原因，就是说，如果君主完全依赖命运，那么一旦命运有变，他也就完了。我还相信，如果能够与时俯仰，君主就会如愿以偿；相反，如果不恤时宜，只能事与愿违。

人们的目的就是追求荣耀与财富；在这项事业中，人们的行为方式会各有不同，有的小心谨慎，有的急躁鲁莽；有的使用暴力，有的玩弄技巧；有的忍辱负重，有的快意恩仇，而所有采取这些不同方式的人都可以达到各自的目的。

我们也能看到，两个同样谨小慎微的人，却会一个如愿以偿，一个徒劳无功；而两个习性不同的人，一个谨慎，一个急躁，却能同样获得成功。这里没有别的原因，全在于他们的做法是否合乎时宜。我已说过，由此带来的结果是，两人各行其是却能获得同样的成果，而两人同蹈一辙却会一个成功、一个失败。决定成败的关键在于，如果一个人小心行事、能忍能屈，而时势的发展又表明他的做法适逢其会，他就能一帆风顺；如果时势一变他就落花流水，这说明他未能做到因势利导。

任何一个谨小慎微的人都不会懂得如何随机应变,因为他的习性使他不可能脱离走惯了的老路,也因为这条老路已使他功成名就,所以不可能说服他改弦易辙。因此,一旦需要采取迅猛行动的时候,谨小慎微的人就会不知所措,只有落荒而逃。不过,假如他的习性能够顺应时势的变化,命运就不会变幻无常。

教皇尤利乌斯二世在所有事务上都是疾行猛进,他发觉时势恰恰需要他的这种行为方式,因而总是卓有成就。请看一下他在麦瑟·乔万尼·本蒂沃利奥还活着的时候对博洛尼亚发动的第一次征战。威尼斯人对此并不赞成,西班牙国王也不以为然;尤利乌斯便商请法国进行这场征战,而且,他干劲十足,迅猛出击,亲自出征参战。这一行动使西班牙人和威尼斯人不知所措、目瞪口呆,后者是由于惶恐,前者则是担心重获整个那不勒斯王国的希望化为泡影。另一方面,教皇之所以能把法王拖过来跟他走,是因为法王认识到,既然尤利乌斯已经行动起来,并且希望教皇成为朋友以便让威尼斯人俯首帖耳,那么除非公开得罪教皇,否则就不能拒绝向他提供军队。于是,尤利乌斯以迅雷烈风之势完成了这一行动,这是任何其他教皇——即使具有人间的绝顶计谋——都做不到的。如果他也像其他教皇那样总是等到万事俱备、万无一失之后才离开罗马,他就不可能成功,因为法王可以拿出一千条推托之辞,而威尼斯人也会因为对他万般忧虑而奋起抗争。我想,他的其他业绩就不必多说了,它们全都如出一辙,而且全都卓有成效。他的生涯苦短,还没来得及让他体验相反的经历;如果时光流转到他不得不小心从事的时候,他也就完了,因为他决不会放弃他天生就喜欢使用的那些办法。

既然命运有变时人们仍要一意孤行，那么我认为，只要他们能和命运密切共处，那就是成功；如果与命运脱节，就只有失败。我确信，勇猛胜于谨慎，因为命运是个女人，要想制服她就必须对她大打出手；她往往更愿折服于使用这种手段的人，而不是折服于羞怯胆小的人。所以，和女人一样，命运总是与青年人为伍，因为他们较少谨小慎微，较多勇猛果敢，能够更加大胆地制服她。

二十六、谏议将意大利从蛮族人手中解救出来

考虑到上面所讨论的一切，我们可以来思索一下：意大利的现状能否出现一位众望所归的新君主，能否使一位精明强干的统治者得到机会，循名以责实，给自己带来荣耀，给人民带来普遍幸福。我认为，对一位新君主来说，现在已是万事俱备，我不知道这样一位君主什么时候采取行动比现在更合适。我已说过，为了展示摩西的能力，就需要以色列人民在埃及受奴役；为了表现居鲁士的伟大气概，波斯人就不得不受米堤亚人的压迫；为了彰扬忒修斯的卓尔不凡，雅典人只好颠沛流离。如今，为了使一位意大利英杰能够表现他的能力，意大利就必须沦落到目前这种境地——比希伯来人更受奴役，比波斯人更受压迫，比雅典人更颠沛流离；既没有首领，也谈不上秩序，屡受打击，任人劫掠，分崩离析，惨遭蹂躏，备尝国破家亡之苦。

虽然迄今为止已有某些意大利人显示了各种迹象，使我们认为他们是奉上帝之命来拯救意大利的，但后来我们看到，当他们的事业如日中天的时候，命运却否定了他们。因此，她看上去仍然了无生气，只是坐待什么人来医治她的创伤，来结束对伦巴

第的蹂躏和掠夺，结束对那不勒斯王国和托斯卡纳的抢劫与勒索，消除那些长期以来不断恶化的溃疡。

她正在祈求上帝派人把她从残酷无情、傲慢自大的蛮族人手中解救出来；她已经准备好了，只要有人举起旗帜，她将心甘情愿地追随这面旗帜。现在，除了在您光荣的家族中，她再也找不到什么人能够寄予更大的希望了。您的家族凭着自己的命运和能力获得了上帝和教廷的宠爱，现在又是教廷的首脑，因此能够成为拯救意大利的领袖。

这没有什么太大的困难——如果您了解前述那些人物的生平事迹的话。尽管那些人物都是少见的奇才，但他们也是人，而且他们每个人所拥有过的机会都比现在微弱得多，因为他们的事业并不比这项事业更富正义、更加顺畅；并且，上帝给予他们的善意并不比给您的更多。这里有着伟大的正义，对于被迫进行战争的人们来说，战争是正义的；如果不拿起武器就毫无希望，武器就是神圣的。现在，您的机会可谓超乎异常；而有了这样伟大的良机，只要您的家族能够采用我已经提供给您作为目标的那些人所采用的方法，那就不会碰到巨大的困难。

而且，我们已经看到了上帝为您指引方向的空前奇迹：海水分开了，云朵在为您领路，磐石涌出了泉水，吗哪[1]从天而降，万事万物都为您的伟大而联合起来。剩下的事情您必须自己去做。上帝并不包揽一切，以免褫夺我们的自由意志和属于我们的那份荣耀。

---

1 《圣经·旧约》所说古以色列人出埃及时在荒野上所得到的天赐食物。

如果说上述那些意大利人没有一个能够完成我们希望由您的卓越家族来从事的事业，如果说意大利的军事力量看上去常常在频繁的动荡和战乱中丧失殆尽，那也不值得大惊小怪，因为她的旧制度不佳，而且没有一个人具有足够的智慧去创立新制度；一个新生的当权者要想获得非凡的荣耀，莫过于创立新的法律和新的制度，如果它们具有良好的基础，本身又不同凡响，那就能给一位新生的统治者赢得敬畏。意大利并不缺乏内容，就看给她加以什么形式；只要头脑不低能，羽翼自会强健有力。看看吧，在决斗中，在人数寥寥的格斗中，意大利人的力量、技巧和智慧是多么地优异不凡，可一旦投军从戎，他们却毫无出息。这都是首脑贫弱的后果，这些首脑虽然英明，但却无人服从，因为人人都自视英明。迄今为止，没有一个人由于能力和命运而出人头地、令人折服。因此，过去二十年的漫长岁月，在频繁的战事中，每当一支清一色意大利人的军队经受考验时，便总是败兵折将。关于这一点，首要的证据就是塔罗之役，另外还有亚历山德里亚、卡普阿、热那亚、维拉、博洛尼亚和梅斯特里诸战役。

因此，如果您光荣的家族决心效法我已谈到的那些拯救了自己国家的杰出人物，那么首要之务就是组建一支自己的军队，这是任何一项事业的真实基础，因为没有比他们更忠实、更真诚、更优秀的士兵了。假如他们个个都很出色，那么如果他们看到是他们自己的君主在统率，是他们自己的君主给予了他们荣誉和给养，他们就会团结一致，变得更加出色。因此，为了使意大利能够抵御外敌，筹建这支军队是必不可少的。

尽管瑞士和西班牙步兵令人胆寒，但他们也各有缺陷。因此，第三种类型的军队不仅能够和他们抗衡，而且有把握战胜他们，因为西班牙人顶不住骑兵，瑞士人遭遇和他们同样顽强作战的步兵时，也不能不胆战心惊。经验已经并将继续表明，西班牙人对付不了法国骑兵，瑞士人则是西班牙步兵的手下败将。虽然后面这件事尚未得到完全证实，但拉韦纳之战已经提供了证据：在那里，与西班牙步兵交战的德国军队，采用了与瑞士人相同的战斗队形；西班牙人身体敏捷，借助圆盾的掩护钻到长矛阵下面，从而能够安全地攻击德军，使之无法招架；如果西班牙人不是受到骑兵的袭击，他们也许能够全歼德国人。

既然认识到这两种类型步兵的缺陷，君主就可以组建一支新型的军队，它既能抗击骑兵，又无须害怕步兵。这将取决于武器的性能和战术的调整。这些事情也会像新制度一样给一位新生的君主带来声望和尊贵。

因此，为了使意大利经过漫长的岁月之后终于能够看到她的拯救者来到眼前，千万不应错过这一良机。我无法表达蒙受外国蹂躏的一切地方将以何等的爱戴、何等的复仇欲望、何等的赤诚、何等的感激涕零来迎接他！有谁会把他拒之门外？什么人还会拒绝服从？谁还会把他视为嫉妒的目标？什么样的意大利人还会拒绝效忠？人人都对蛮族的暴政深恶痛绝。因此，恳请您光荣的家族，以人们从事正义事业所具有的那种精神和希望，担当起这项重任，使我们的祖国在她的旗帜下发扬光大；而且，在她的指引下，我们将会看到，彼特拉克[1]的诗句是

---

1 彼特拉克（1304—1374），意大利诗人，坚定的爱国者。

多么真实可信：

不要畏惧野蛮的暴政，
拿起武器，
战斗将很快结束，
因为祖先的勇气
在我们意大利人心中
并未消亡。